ハドソン川のほとりにあるニュージャージーの自宅付近から、マンハッタン南端を望む

ダブリン南部を流れる運河に
面したAtlas Language School

モンゴルの民族衣装に
着想を得たという
Allaお手製のジャケット

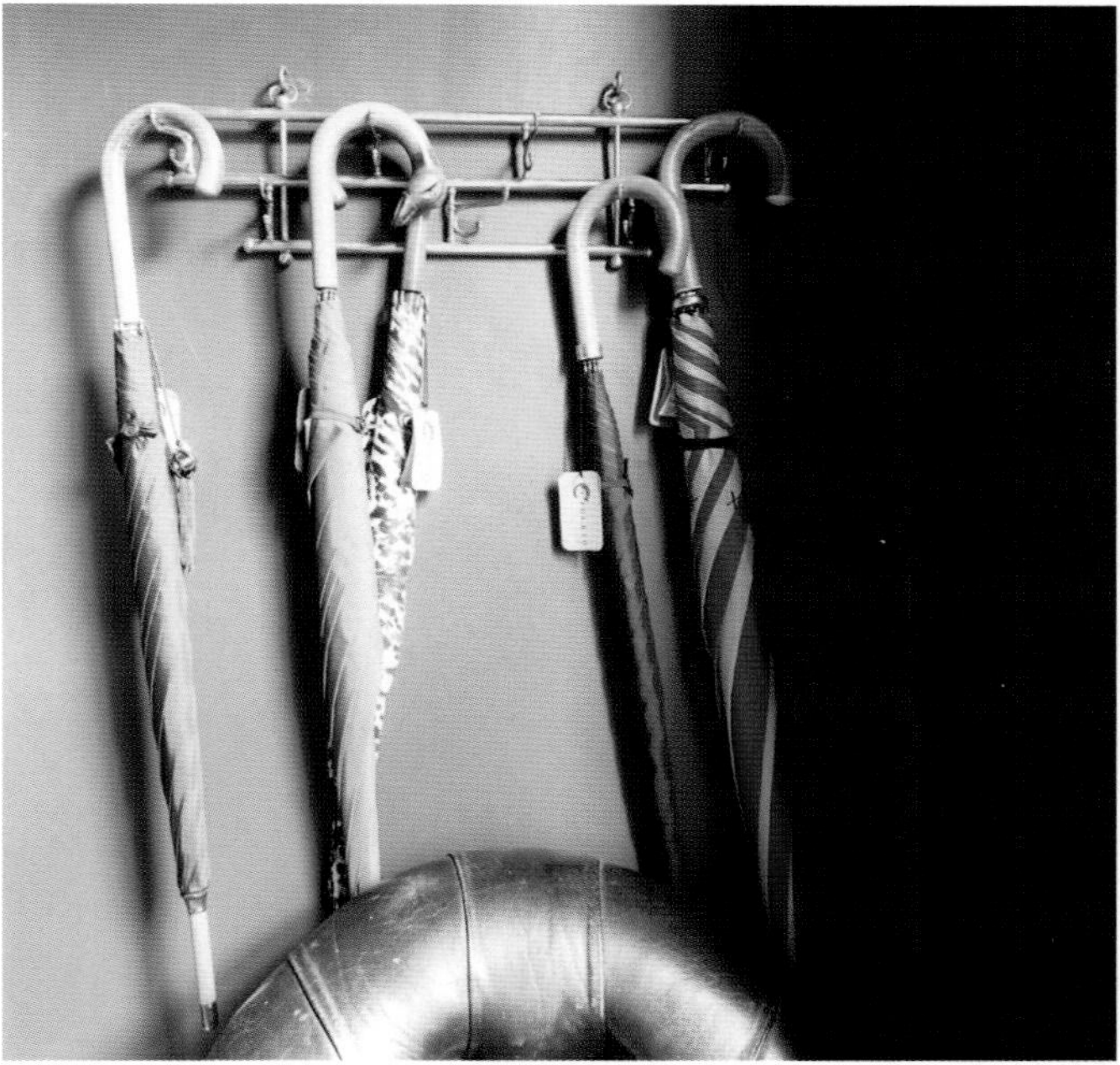

ロンドンの店で見つけた美しいFOX UMBRELLAS

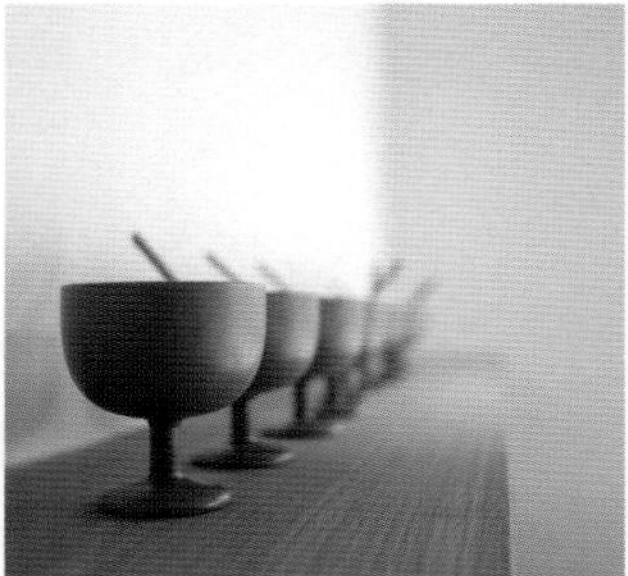

©Nalata Nalata

イースト・ヴィレッジにあるNalata Nalataでは、日本の工芸品が多く取り扱われている

ニュージャージーにある自宅。ピエール・ジャンヌレのダイニングチェアがお気に入り。秋になると、木々の紅葉で家の中も紅く染まる

執筆専用デスクとブックタワー

木工作家、三谷龍二さんによる器で愉しむお茶の時間

文春文庫

ここじゃない世界に行きたかった

塩谷舞

文藝春秋

はじめに

家族みんながいよいよ寝静まる深夜1時。

誰の目を気にすることもなく、束の間の自由を謳歌できる夜遊びの時間が好きだった。とはいえ臆病な私は親の目を盗んで真夜中に出ていくような行為には踏み切れず、いつだったか母が姉のために無印良品で購入してきたおさがりのベッドの上で、右を向いたり左を向いたり、ごく小規模な夜遊びを密かに堪能する程度のものだ。息苦しい中学生活からいますぐ離れ、刺激に満ちた遠い世界へ行ってしまいたいと焦がれる一方で、この自由な夜が終わってしまっては勿体《もったい》ないと真夜中との別れを惜しむのだ。そして深夜3時半頃になってようやく瞼《まぶた》が重くなる。

やがて大人になり、数年の会社勤務を経て書くことを生業《なりわい》にするようになった私は、誰に憚《はばか》ることもなく夜更かしを楽しんでいる。「夜のほうが捗《はかど》るんですよ」だなんてそれらしいことを言いつつも、単純に真夜中が好きなのだ。

深夜0時頃から机に向かい、ぼんやりとした頭の中に輪郭線を引くような、苦しくも小気味良い遊びにひとり興じる。そうして執筆作業を続けること数時間。そろそろ疲れてきた頭と身体《からだ》を労《いたわ》り、外の空気でも吸わせてやるかと散歩に出る。

薄っぺらい綿のパジャマの上に、足首まで隠れる黒のロングコートを羽織り、それには似合わぬつっかけを履いてハドソン川のほとりを歩く。この散歩の目的を果たそうと深呼吸をすれば、早朝の空気は疲れた頭を必要以上に覚ましてくれる。対岸に見えるマンハッタンの向こう側は薄明るい。あぁ、故郷で沈みかけている今日の夕日が、ようやくこちらに回ってきたんだなと、おさがりの朝日をありがたく拝むのだ。

この時間、ハドソン川の上空を南から北に向かって群れをなして飛んでいく雁《がん》たちは野生の生き物であるというのに、彼らが借景にしているのは資本主義の総本山ともいえるマンハッタン島の超高層ビル群だ。自然物と人工物を真っ向から対峙させたような、あまりにもけったいな島を眼前にしたときの衝撃は、はじめてこの大都市を訪れた5年前から少しも変わることはない。今日も、ニューヨークは美しい。

けれども一歩街の中に足を踏み入れれば、変わり果てた惨状ばかりが目に入る。長引く新型コロナウィルスの流行とそれに伴う感染症対策によって閉店を余儀なくされたのは、カフェやホテル、ジャズバーや劇場、アートギャラリーやアパレルショップ……。ニューヨークをニューヨークたらしめていたような景色の多くはすっかりその灯を消してしまい、タイムズスクエアの電光掲示板だけが虚しく輝く。そこに観光客などいないのに。美しく見える景色の内側までもが、美しいとは限らない。

――この本は、ありふれた平凡な日本の郊外にある、これまたありふれた平凡な家庭に、三番目の赤ん坊としてすぽんと生まれた私が書いた、身の丈程度のエッセイ集である。

そんな半生の中でありふれていない点を探すとすれば、インターネットとの相性だけは抜群に秀でていたという一点だろう。子どもの頃から遊ぶようにインターネットを使ってきた私は、インターネット産業で3年間の修業をした後、2015年にフリーランスのWEBライターとして独立した。世に放った記事は十中八九バズっていたので、いっときは「バズライター」という恥ずかしい肩書でメディアに持て囃《はや》されたりもした。この本の話が来る数年前、私がオファーを受けていた書籍のタイトルは『SNS戦国時代、インフルエンサーに学ぶバズる!売れる!の必勝法』なるものだ。1年で古くなってしまいそうな必勝法を、これまた1年で旬が終わってしまいそうなインフルエンサーが書くという構図は、なかなか皮肉が利いている。

そうしてインターネットの大波に揉まれて記事を量産していると、自分が書いているのか、大衆が求めるものを書かされているのか、もしくはアルゴリズムのマリオネットになっているのかさえもわからなくなってくるものだ。そこで数年前から、noteで、『視点』という定期購読マガジンをはじめた。それまで他者からの依頼に応え続けていたバズ職人としての暖簾《のれん》を一度下ろし、思考の直売所と銘打って、限られた読者だけに向けて綴っていた雑記のようなものである。誰かのインタビューでもなく、何かの宣伝でもなく、ただ自分が考えていることだけを夜通し書き綴っていく行為は、インターネットに疲れた自分自身へ施すセラピーのようでもあった。

しかし何が起こるかはわからないもので、私の『視点』に目をつけて、一冊の文芸書にしませんか、と相談を持ちかけてくれた奇特な編集者があらわれたのだ。数年前、バズライターとしての著者デビューを逃した私にとっては、これが初の著書となる。

本書には、noteの『視点』から、そして私がひっそりと運営をしているWEBメディアのmilieuなどから十数本を抜粋して収録しているが、その内容は大幅に加筆・修正を加えている。そして本書のために、いくつかの新たなエッセイも書き下ろした。

第Ⅰ章と第Ⅱ章に関していえば、主に『視点』の中で、自分の輪郭を取り戻すために細々と綴っていた文章ばかりだ。他人に見せるには少々個人的すぎる気もするのだが、私にとっては必要不可欠な過程だったこともあり、ここに残しておきたい。第Ⅲ章以降では社会的な問題を多く取り扱っているのだが、もちろんそこで私と異なる意見を持つ読者もいるだろう。

「異なる視点を持つ友人が一人いる」

――それくらいの感覚で、読み進めていただければとても嬉しい。しかし最近のSNSを眺めていると、さまざまな対立構造ばかりが目立ち、細部の個性が掻き消されているように感じて、それが少し怖いのだ。リベラル、保守、フェミニスト、アンチ・フェミニスト……あらゆる意思はどこかのイデオロギーの構成員となり、イデオロギーこそが人の輪郭であるとでも言わんばかりの時代に突入している。

もちろん現代を生きる以上、そうした観念体系の構成員でもあることは認めた上で、それでも私は私であるということを、何万文字もかけて綴っているだけの本である。この本がどうか、あなたにとっての「視点の異なる友人」となれますように。そんな淡い希望を抱きながら、ハドソン川沿いにある自宅のリビングで、このまえがきを書いている深夜0時。静かな夜が終わるまで、夜遊びの時間を楽しみたい。

ここじゃない世界に行きたかった　目次

Ⅱ　じぶんを生きる

Ⅲ　生活と社会

IV 小さな一歩

ここじゃない世界に行きたかった

I 共感、美しくあること

SNS時代の求愛方法

ブルックリンの自宅で開催したごく小規模な食事会でひとり、沈黙を守る女性がいた。その会の参加者はたった4人であるにもかかわらず、友人に連れて来られた彼女は場の空気に馴染めないのだろうか、ちっとも口を開こうとしない。口角を少しだけキュッと上げ、大きな瞳で目の前の会話を観察しているばかりだ。他人の話にしっかり相づちは打つものの、自分からは何も喋ろうとしないのだから、どこから来たのか、何をしている人なのか、さっぱりわからない。

その沈黙に耐えかねた私は、節操なくあれこれと質問をぶつけてみることにした。すると彼女はようやく口を開いて、報道番組のキャスターとしてしばらくニューヨークに来ていることや、出身は沖縄であること、けれども両親の故郷は大阪だということを話してくれた。へぇそうなんや、大阪のどこらへん？　私の地元も大阪やから……だなんて会話を続けてみる。が、どうにも微妙にぎこちないのだ。何を尋ねても、彼女は事前に用意した原稿を読み上げるように返してくるものだから、まるでアンドロイドのお人形と会話をしているような違和感さえ抱いてしまう。

あの不思議な女性は一体どんな仕事をしているのだろうと、夜更けに彼女の名前を検索してみたところ、お茶の間に向けて明るい笑顔を振りまく動画が次々と溢れ出てきたので驚いた。常に背筋をしゃんと伸ばしてカメラに向かい、あるときはバラエティでの無茶振りに体を張り、あるときはタレントたちのおちゃらけをいなしながら、テキパキと進行役を務めている。その姿は、日本のテレビでよく目にする女性アナウンサーそのものだ。食事会の片隅で沈黙を守っていた女性とは、まるで別人なのである。

オンとオフを明確に分けたいタイプの人なのだろうか。それとも、一般人の友人はつくりたくないのだろうか。少し近寄りがたい人かもしれないな……と思いながらそっとブラウザを閉じた。

数日後、Instagramでとある鍵付きアカウントからフォローされた。イニシャルだけのアカウント名ではあるけれど、アイコン写真のぼんやりとしたシルエットから、先日出会った彼女のものだということはすぐにわかった。

間髪を入れずにこちらもフォローを返してみたところ、鍵の内側では彼女の静かな表現欲が横溢し、ぐるぐると渦を巻いていたのでびっくりした。そこには世に出さないで隠しておくのが惜しいほどの、美しい写真や文章ばかりが並んでいるのだ。アンドロイドのようにすました顔をした内側で、これほどまでの感受性を隠し持っていることに、こちらの好奇心も刺激されてしまう。アートや文学を好む彼女は、中でも李禹煥《リ・ウーファン》の思想や作品が好きらしく、喧騒から離れた静謐《せいひつ》な時間を心から求めているようだった。

彼女がニューヨークにいる間に、イサム・ノグチの美術館である The Noguchi Museum に行かないかと誘ってみた。そもそも美術館なんていうものは、気心の知れない友人と行くにはやっかいな場所ではあるけれど、彼女とはお互い好き勝手に鑑賞できるだろうという予想がついたし、実際にその予想は的中した。最後は中庭で集合することにして、それぞれのペースで彫刻作品や光の美しい空間を楽しんだ後に、中庭へと出てみれば、彼女はベンチに座り、購入したばかりの画集を膝にのせ、熱心に読みふけっているのだった。

私に気づいた彼女は嬉しそうに出迎え、言葉を選びながらも展覧会の感想を伝えてきてくれた。その話しぶりはもう「事前に用意した原稿を読み上げるアンドロイド」だなんて喩《たと》えは似合わない、魅力溢れる人間の姿だった。

「舞さんの文章、読みましたよ。まるで寡黙な人が書いたような文章で、驚きました」

彼女もまた、インターネットで私のことを調べていたらしく、こう感想を続けてきた。

「最初にお会いしたときは、とても明るい人だと感じたから。でも現実世界でちゃんと満たされている人であれば、ああいった陰のある文章を書かないじゃないですか」

その感想に、心が高揚した。外面と内側の温度差に、すぐ気がついてくれたということとは、私たちはきっと似たような人間なのだ。しかも互いに直接的な言葉ではなく、インターネットで内側を覗き合っているのだから、そうした回りくどい部分までよく似ているのである。

そこから私と彼女は、たくさんのことを共有できる友人になった。互いの仕事の悩みや、政治の話、アートの話、ジャーナリズムと文芸の世界、どうしようもない恋愛話から、女性が社会で働くということまで——堰《せき》を切ったようにお喋りを続けていく中で、気がつけば彼女はケラケラとした大阪弁で話してくれるようになっていたのだ。あぁ、本音をインターネットにちゃんと置いておいて、本当に良かった！　もし、そうした目印がなにもなければ、私たちは出会っているのに、社会的な顔が邪魔をして本来の顔まで辿り着けない……というもどかしい状態で止まっていたに違いない。

彼女はニューヨークに長居することなく、大都市を飛び回っていたのだが、それでもときどき連絡を取り合った。深く共感し合える友人の存在はいつしか、生きづらい世の中で潰れないための心の支えにもなっていた。

社会的な顔を持つことは、人生をうんと進めやすくする一方で、本来の顔をずっと奥のほうに追いやってしまうこともある。しかも周囲の期待にちゃんと応えようとする人ほど、そうした社会的な顔のほうに自分自身を矯正していくものだから、本来の顔がちっとも出てこなくなってしまったりもする。

とくに彼女は「報道番組の女性アナウンサー」として、不祥事やミスのない倫理的な人間であれという重圧の中で生きている。複雑な国際情勢を伝える彼女の仕事は言うまでもなく高度で立派な社会的役割だけれども、彼女が抱えている重荷は一人の30代女性が持てる重さのものではない（いや、たとえ60代男性であっても辛かろう！）。そうした職業上のプレッシャーが日常生活まで染み渡り、いかなるときも誤った発言をしないようにと、ついには口を閉ざしてしまったようなのだ。

対して私はどこに行っても、お調子者の顔をひっさげて登場してしまう。沈黙が生まれないようにいつだって冗談を言うし、己のどんな不幸であれ自虐ネタの養分にする。「ねえ、大阪の人って、みんながそんなに芸人みたいな喋り方をするの？」と聞かれてしまうほどだ。

別に、望んでそうなった訳ではない。求められるがままに演じてきたら、馴染んでしまったのだ。とはいえ、物心ついた頃には既に演じていたように思うのだけれど……。

いまも鮮明に覚えている、30年前の光景がある。父が日産のブルーバードの後部座席に3歳の私を乗せて新御堂筋を走らせ、大阪府吹田市江坂町というちょっとした繁華街まで連れていってくれた日のことだ。15分ほどのドライブを終えて到着したのは、高架に面した小さな薬局。ピンクや緑の色をした点鼻薬やカバのイラストが描かれたうがい薬が所狭しと並べられ、慣れない景色と薬品の香りに、ここは知らない場所だと足が竦《すく》んだ。であるにもかかわらず、カウンターの向こうにいる白衣の薬剤師さんが私に気がつき、笑顔で手を振ってくる。母だった。

それは私の知っている、母親らしい母とはまるで違い、都会で働く大人の薬剤師さんだった。当時の母は33歳。黒髪のショートカットに白衣がよく似合っている。まるでヒーローのようなその姿を前に、私の母を見る目が一変した。

母は忙しい人だった。ヒーローなのだから当然である。だから、幼稚園の迎えに母が姿を見せなくても、「うちのお母さんは、薬剤師さんとして働いてるからな!」と誇らしく思い、友人にも「なぁ、薬剤師さんって知ってる? お医者さんとは違うねん、薬剤師さん」だなんて自慢していた。そして両親に代わって私の面倒を見てくれるのはしつけに厳しい祖母であり、近所に住む幼馴染のお母さんであり、斜め向かいの老夫婦でもあった。いま風にいえば「地域で育《はぐく》む」理想形のような暮らしであったようにも思う。

けれども誰かの家にお邪魔している間は、お漏らしをしちゃいけないとか、玩具を散らかしちゃいけないとか、幼児なりにわきまえて行動する必要があった。だからいつもニコニコと、周囲に迷惑を掛けないようご機嫌に過ごし、さあ解散となればホッとするのだ。幼稚園でいじめられたりした日には、家にいる猫のミヤに胸の内を打ち明けた。ミヤは「そりゃあ辛かったな」なんて顔をして、私の話を聞いているようにも見えるから、いくらか憂鬱は晴れてくる。本当は、母に話を聞いて欲しかったんだけど。

私が22歳のとき、ミヤは死んだ。話し相手が死んだからという訳ではないけれど、私はその頃には憂鬱な胸の内はもう、インターネットに綴るようになっていた。そうした対話相手のいない独り言を公開し、「ぴたりと波長があう人」が見つけられた瞬間は、あぁ一人じゃなかった！　とすべての過去を全肯定してあげたくなるような、全身をお風呂で温めるような感覚に包まれるのだ。

同じ種類のさみしさを抱いてきた誰かと、やっと出会えたのであれば、相手と惹かれ合うのは当然のことだろう。そうして満たされていく感情が恋と名づけられることもあるし、友情と呼ばれることもある。

誰もが言葉を発することができるSNSが普及し、「共感」という言葉が持て囃され て久しい。共感マーケティングが大切ですよ、だなんて声も多い。けれどもそこで必要とされるのは、溶け合うような心の共鳴ではなくテクニック。大多数が「こうであって欲しい」と願う願望の中心点を見定めてから矢を放ち、SNS上での「私も！」「私も！」という共感の声を一箇所に集めてうねりをつくる……ということは、技術的にできてしまう。白状するならば、私もそういうことをやってきたのだ。

けれども本来の「共感」というのは、そんな小手先のものじゃないだろう。運命と呼べるほどの誰かに出会うための、根源的な求愛活動みたいなもんだ。

求愛に勤しむ動物たちは、自らの持ちうる魅力を相手に届けようと匂いを出したり、高らかに鳴いたりと一所懸命になるものだ。けれども知的好奇心を育てすぎた人類ともなれば、結ばれるべき他者へのアプローチはもっと知的でややこしいものになってくる。

子どもの頃からインターネットに慣れ親しんでいた私にとって、そこに本音を綴り、共鳴できる相手を探し出していくというアプローチは、とても根源的な求愛活動に近しい。そうした行為を通して、これまでのさみしい人生を互いに埋め合える唯一無二の相手に出会えるならば、ＳＮＳ時代はそうそう悪いもんでもないだろう。

ニューヨークで暮らすということ

2017年の秋の終わり、かねてから現代アートの中心地でもあるニューヨークに移住したいと言い続けていた夫が、ついに荷物をまとめて出発することになった。当時、夫は26歳で、私は29歳。こちらだけ日本に残るという選択肢もあったけれど、忙《せわ》しない東京での仕事に少し疲れていたこともあり「知らない世界に行ってしまいたいな」という主体性に欠けた逃避欲だけは持っていた。

けれども私は生まれてこのかた、ずっと日本の中だけで、しかも日本語を生業にして生きてきたのだ。広告業界の友人からは「外国で無名の新人になるよりも、東京で成果を積み上げるほうがよほど、世界に出られるんじゃないの？」と助言をいただいたりもした。たしかにそれは一理あるが、東京で暮らしているとあらゆる大きな声に振り回されてしまい、自らの本音すらわからなくなってくる。この街でキャリアを積んでいった数年後の姿に、もはや憧れを抱けなくなっている自分もいた。とはいえ、ニューヨークに引っ越したとして、私は一体何をすればいいのか。

ニューヨーク在住邦人のブログを読んでいると、一にも二にも物価が高い、家賃が高いと書いてある。夫婦共働きをしなければ家賃が払えなくなってしまうのだから、サポートに徹する訳にもいかない。そんなとき、SNSに流れてきた「しいたけ占い」のページをうっかり開いてしまった。しいたけ曰く、2018年上半期の天秤座さんは多少壊れてもいいからやってみるんだとか、ひとまずいろいろな体験をしてから自分自身でやるべきことを決めていく年になるんだとか、いかにもなことを仰《おっしゃ》っている。勘弁してくれよとブラウザを閉じながらも、他に背中を押してくれる人がほとんどいなかった中で、妙に心に残ってしまった。まぁつまり、自分の望む言葉が書いてあったということなんだろう。

多少壊れてもいいから行ってみるかと、三軒茶屋に借りていたマンションはしばらく解約しないで置いておきつつ、荷物をまとめてタクシーに乗り、羽田からジョン・F・ケネディ空港行きの便に搭乗した。

そうしてニューヨークに到着するや否や、淡い期待を床に投げつけるような、散々な日々がはじまった。空港から知らぬ場所へ連れて行こうとする違法ドライバー、マンハッタンの地下鉄の通路で放尿する不審者。最安値の宿をめがけて突進した我々がまず泊まることになった部屋は、口を開けていられないほどに悪臭が漂い、バスルームは見知らぬ人と共用なのに鍵がかからない。洗濯をするにも、乾燥を待つ間に物乞いされ続けるコインランドリー。いちはやく家を見つけたいのに、内見の予定をすっぽかす不動産屋……。部屋の中にも外にも、これっぽっちも安心を得られない。

ようやくまともな不動産屋にたどり着き、なけなしの貯金でやたらと高いデポジットを払い、なんとか治安の良いグリーンポイントというエリアのシェアハウスに引っ越してようやく一安心……となるはずもなく、ちっとも掃除をしない同居人が連れて来た、躾《しつけ》がされていない犬猫の糞尿を処理し続ける日々がはじまった。外はマイナス13度まで下がる日も珍しくなく、深夜に除雪車が通れば轟音《ごうおん》と共に揺さぶられる家。日本から大切なものをたくさん詰めて送ったのに盗まれた荷物。物価も高く、競争は激しく、治安は悪く、寒すぎて口も開けていられない。海外生活に慣れた人であれば「それくらいは想定内でしょ？」と笑うかもしれないが、海外旅行経験すら少なかった私には、想定外のことばかりだった。

ひとまず仲間をつくろうと、在米歴の長い日本人の集まりに参加してみたものの、お酒が入るとなぜかみんな英語になってしまう。情けないことに、その瞬間からさっぱり会話に入れない。日常英会話のリスニングがおぼつかない私と、努力を積み重ねてこの大都市でキャリアを築いてきた在米邦人の方々。30年近くぬるま湯に浸って生きてきて、ちっともその種の努力をしてこなかった自分が恥ずかしいやら、情けないやら。

さすがにこのままではいかんと、英語の自己紹介だけは完璧に暗記をした上で、検索して見つけたミートアップに参加してみる。そこで女性起業家たちが目標を語る中、順番が回ってきた私は「やりたいことは探し中」と、馬鹿正直に何者でもないことだけを伝えた。雑談タイムになり、近くにいた参加者に渾身の自己紹介をぶつけた結果、「また会おうね！」と言われてぬか喜びするも、DMの返事は返ってこない。既読スルーを前に項垂《うなだ》れつつ、そりゃそうだよな……と納得もする。みんな夢があってここに来ているのだ。実績も目標もないカタコトの外国人と、友達になるメリットなんて何もない。

芸術家になりたいからニューヨークに行くだなんて、バカの一つ覚えじゃないか馬鹿野郎！　と、私は何度もこの冷たい大都市と夫をうらめしく思って泣いた。美しくそびえるマンハッタンのビル群の中には入れず、まるで掃除婦のようにブルックリンのシェアハウスの清掃に明け暮れる日々。文字通りクソ汚いトイレの汚れを拭きながら、東京に残してきたマンションの、あったかい抗菌便座が恋しくなった。

そして何より、どこか遠くへ行きたいな……と、脳内お花畑でのこのこついてきた自分こそが大馬鹿野郎なのだ。せめて愚痴でもこぼそうかとTwitterを開けば、「塩谷舞は自分の意志で渡米した訳じゃないから、やっぱり全然覚悟が足りない」だなんて書かれていて泣けてくる。図星だからこそ泣けるのだ。

食事の時間は夫婦団らんというよりも、進捗確認の時間になった。アーティストとしての足掛かりがなかなか摑めそうにない夫を前に「あのコンペ応募した？」「あの人にもメールした？」「来週はここに行ってみない？」とアタックリストを確認していくさまは、まるで弱小ベンチャーの定例会議だ。打ち合わせ場所をレストランにすると大赤字になるので、常に自炊。仕事の実績は一つも増えず、醬油とみりんばかりが減っていく。

2018年9月、いよいよ三軒茶屋のマンションは解約した。同時に1年弱過ごした犬と猫と癖の強い同居人だらけのシェアハウス、通称「ワンニャンハウス」にも別れを告げて、新築の高層住宅に引っ越した。家賃はドン引きするほど高くなってしまうのだが、掃除に明け暮れる日々に疲れ果てていたので、衛生的で安心安全な住処《すみか》は喉から手が出るほど欲しかった。幸い、私の職場はインターネットだ。日本企業の案件をオンラインで打ち返しつつ、ソーシャルメディアの活用法など、持てるだけの知識を詰め込んだノウハウ記事を書いてはnoteで販売し、日本のお客様に買ってもらう。それでひとまず、生きていくことはできた。

けれども、どうして私はわざわざこんな遠い国に来てまで、日本でもできることをしてるんだろう？　と虚しさにも包まれていく。近所の日本料理屋で英語を使いながらアルバイトをしたほうが、よほどこの国で生きている実感を持てるだろう。ただ、その頃はビザの関係で現地の仕事に就くことができなかった。だからやっぱりインターネットを駆使しながら日本円を稼ぐ他に道もなく、それをせっせとドルに換金し、そのほとんどを家賃にあてた。

家賃はあまりにも高かったが、払うだけの価値を感じた。近所のストリートで起こる物騒な事件が毎日何度もプッシュ通知で報されてくるけれど、家にいれば安心だ。家の中だけでも安心で、安全で、あったかくしておきたい。

東京にいた頃は、家は寝食のための装置だった。取材や収録で外にいることのほうが多かったし、在宅時間はそのまま全て睡眠時間、という認識でしかなかった。部屋が荒《すさ》んできた頃に家事手伝いサービスを依頼して、風呂の隅々まで掃除してもらう間にこちらは睡眠時間を確保する。家事をする時間があるのなら、そこに仕事を入れたほうがずっとコスパがいい。暮らしに自ら手をかけることは、費用対効果の低い行為だと捉えていた。

そこから一転、ニューヨークの高すぎる物価を基準にすれば、自分の単価は相対的に下落する。家賃を払うだけで貯金はどんどん減っていくのだから、掃除も、洗濯も、料理も、その他名前のない数多《あまた》の家事も、自分たちでやるしかない。しかし不思議なもので、(現地の仕事がないゆえに)東京よりもゆったり流れる時間の中、床を拭いたり、じゃがいもの皮を剝《む》いたり、衣服のほつれを繕《つくろ》ったりしていると、荒んだ心が落ち着いてくるのだ。そうしていると次第に、家の隅々まで目が行き届くようになる。木製の家具にロウを塗って使いやすくしたり、ジャムにするため林檎《りんご》を煮込んだり、煎茶を焙《ほう》じてゆっくり淹《い》れたり……。それは所謂《いわゆる》「ていねいな暮らし」だと思われるかもしれないが、まぁそんな穏やかなもんじゃない。承認欲求に飢えた人間の叫びが狭い空間で滞留し、充満している極限状態を「ていねいな暮らし」とやさしく呼ぶのは、相応《ふさわ》しいとは思わない。

そんな中、人との心の交流が枯渇していたからか、いつしか物言わぬ生活用品たちの「小さき声」が聴こえてくるようになった（これはもちろん比喩であり、私がアメリカで人気の幻覚キノコを食べた訳ではないと断りを入れておきたい）。真っ暗闇の中では聴覚が冴え渡っていくように、お喋りな口を閉ざした結果、どうやらモノを見る目が開いたらしい。

素材が美しく生かされていたり、どこかの家庭で長い時間を過ごしてきた生活用品は、小さな声でよく喋る。対して、洒落たインテリアショップに並ぶピカピカの新品からは、声は少々聴き取りにくく、なんだかちょっと物足りない。私はそうした小さな声のする世界にのめり込み、夜な夜な血眼になってInstagramを徘徊していると、ナラタ・ナラタ（Nalata Nalata）という美しいギャラリーのような店に出会った。

マンハッタンのイーストビレッジに位置するナラタ・ナラタは、素晴らしい生活用品の数々を、類まれなる審美眼で紹介している。その多くは日本の職人がつくったものなのだが、オーナー夫婦のアンジェリークとスティーブンソンはカナダ出身で、彼らは日本語を流暢に話さない。けれども毎年何度も、パートナーと共に日本の各地に赴いては、真摯にものづくりをする職人やデザイナーと過ごす時間を大切にしている。そして喧騒あふれるニューヨークに住みながらも「小さき声」を好んで聴く人たちに向けて、遠い国で出会った宝物のような工芸品や生活用品の数々を、その背景と共に届けているのだ。

年頃の近い彼らと話す時間はあまりにも楽しかった。こちらはときどき言葉に詰まってしまうのだが、一方的に丸暗記した自己紹介をぶつけていた頃よりは随分とマシだろう。京都の芸術大学に通っていた私は、日本の美術や工芸について多少なりとも知識があるつもりだったが、勉強熱心なアンジェリークは私よりもたくさんのことを知っていて、こちらが教えてもらうばかりなのだ。彼らが翻訳アプリを駆使しながら、日本でも発行部数のわずかな生活工芸の本などを熟読している姿は、日本人から見れば少々不思議に映るかもしれない。けれども、惹きつけられるだけの理由は充分にある。この美しき道具たちが「小さき声」で一体何を話しているのか、知りたくなるのは当然だ。

そんな彼らの近くには、ものづくりへの愛に溢れた仲間がいる。ナラタ・ナラタ経由で知ったのが、ニューヨーク州の郊外にある、ハドソンバレーに暮らす一組のカップルだ。インテリアデザイナーのエイミーと、写真家でありアーティストのマシューは、彼らの美意識を隅々まで表現したスタジオ、Say Collie（セイ・コリー）を構えている。

Instagramで会いに行きたいですと連絡をし、無事許可を得て、ニューヨーク市街地から2時間半の電車の旅。とても小さなラインクリフという駅の近くに、彼らの美しいスタジオは存在していた。繊細にしつらえられたアート作品や古い道具たちは、その空間に心地よく調和している。どれもが美しかったが、中でも私は、部屋の片隅に飾られていた枯れゆく花と、溶けた蠟燭が気に入った。

そこで過ごした2時間弱は、なんとも幸せな時間だった。小さき声を存分に堪能し、マシューの作品を鑑賞し、夫のつくる音楽も聴いてもらった。夫の音楽はあまりにも線が細く、都会のレストランであれば掻き消されてしまうのだが、静寂な空間では美しく響く。

そこから音の話になると、エイミーはなかなか美しいスピーカーに出会えないという。そこで、奈良にあるsonihouse（現listude）というスピーカー工房を紹介したところ、彼女のお眼鏡にもかなったようだ。その工房は夫がもっとも尊敬する職人の一人である鶴林万平さんらが営んでいるのだけれども、彼に連絡したところ先方にも惹かれるものがあったようで、次の夏にはSay Collieで、sonihouseの音を聴こうか……という楽しみな予定も一つ増えた。その日の夜、私は渡米してから一番幸せな気持ちになって、あの空間の美しさを反芻《はんすう》しながら、Instagram に短文を綴ってから眠った。

溶けた蠟燭に、死にゆく花。長い長いお伽話《とぎばなし》の終わり。全てのものは、朽《く》ちゆく時間軸の中でこそ美しさを魅せてくれると感じるのだけど、そう思いませんか？　どうでしょう。

A melting candle and dying flowers. These items made me emotional, like reading the end of a long long fairy tale. I want to feel the passage of time as things decay.

そして翌朝、通知欄を見れば、彼らの Instagram に私の言葉がしっかりリポストされている。

この素敵な写真と、それに紐づく言葉に感動しました。

Touched by this lovely imagery and accompanying words from @ciotan.

たかがリポスト、されどリポスト。ＳＮＳから受け取る刺激には慣れきっていたはずなのに、今回ばかりは飛び上がって涙が出た。

私は日本語で仕事をしてきた。それに生きがいを持ってやってきた。だからアメリカに来てずっと、自分そのものを失ったような喪失感でいっぱいだった。英会話はある程度上達しても、情緒的な英文なんて書けやしないと決めつけて、諦めていた。でも感動したと言ってもらえたのだ。それだけのことが、どれだけ嬉しかったか。

家の中ばかりにエネルギーをぶつける窮屈な日々を、ずっと肯定できないでいた。アメリカ社会で働きたい、外で活躍したい……という気持ちと、就労の権利もなくそれすらできない現実と。東京にいた頃は、人生の目標や社会への課題意識を演説のように語っていたはずなのに、やりたいことも言えないだなんて。「あなたはどうしてここに来たの?」というあたりまえの質問にさえ答えられない自分が、たまらなく嫌だった。けれども、不自由な言語をなんとか操りながら、生活の中の道具たちと親密な距離で過ごしていたからこそ、小さき声が聴こえてきたのだ。無計画に遠い国まで来てしまった私だが、小さな声で「やるべきこと」を教えてもらえたような気持ちだ。

そうした声を、小さな一冊の本にして、まずはニューヨークの人たちに届けてみよう。アンジェリークが翻訳アプリをわざわざ立ち上げなくてもいいように、英語と日本語で伝えよう。まだまだアメリカでは何も成し遂げていないけれど、ここで何をしたいか、やっと明確に見えてきた気がする。

数字が覚えられない私、共感がわからない夫

私は数字が覚えられない。

いま住んでいるマンションの住所も覚えられないし、郵便受けのダイアル式の鍵も数字が覚えられず、毎度スマホのメモを見返している。ゆえにスマホの充電が切れていると、生活は一瞬でフリーズだ。

夫の誕生日も覚えられず、結婚指輪にわざわざその日を刻印した。これは愛というより、メモである。「配偶者の生年月日」の記入を求められるときには、毎度カンニングするような気持ちで指輪を見てから書いている。

夫は逆に、去年訪れた旅館のWi-Fiパスワードを、一年経っても覚えているような人間だ。料理のレシピも、一度見ればグラム数などは暗記できるらしく、二度と同じ数字を見ることはない。私は一品つくるにもスマホを30回はロック解除でベタベタにしながら、レシピを見返しているというのに！

ある冬の日。世田谷にある私の姉の家で、3歳になる姪っ子と一緒にスライムで遊ん

でいた。姉と私が「昔、実家でスライムつくったよねぇ」「あれ、どうやってつくったんやっけ?」と話していると、間髪入れずに夫が「水と洗濯のりを50㎖ずつ、それにお湯25㎖にホウ砂《しゃ》を2g溶かして混ぜるとできるよ」とレシピを伝えてきた。「いま、検索した?」「いや、前につくったから」「前って?」「小学生の頃」

――だなんて会話が、非常によくある。

ちなみに夫は研究者や科学者などではなく、文学部出身の音楽家。だけれども、家ではいつも、電子回路の半田付けか、モデリングか、プログラミングに興じている。私にはその能力の程度はよくわからないが、日常生活を送る上ではとても助かっている。たとえばネットで買った浄水器がうまく蛇口に接続できないときなんかは、すぐに部品を設計し、自宅にある3Dプリンタで出力して蛇口に取り付けてくれた。なんて頼れる人だろうと、いつも感謝するばかりだ。

一方で、夫にはめっぽう苦手なことがある。他人の痛みや喜びが、まるで自分の感情かのように湧き上がってくる現象――いわゆる「共感」と呼ばれるものが、どうもピンとこないらしい。

どれほど切ないヒューマンドラマであれ、胸を打つバラードであれ、青臭い青春時代からいまに至るまで、自分ごととして共感した経験は皆無とのこと。じゃあ映画館で何を観ているのかと聞けば、まずは音の扱われ方、次に映像や光の技術、そして物語としての整合性や完成度などを観察しているそうだ。

スポーツ観戦においても、特定の選手やチームを応援するという経験は一切なく、常に技術だけを追っている。選手の怪我や成長物語においおい涙を流す私とは正反対だ。

かわいいモンスターを育成するゲームでは、モンスターに「Ver.1」「Ver.1.1」などの命名規則で名前をつけている。近い将来、猫を飼いたいらしいが、「Ver.1」と名づけないことを切に願う。

そんな夫は、「空気を読む」とか、「気持ちをおもんぱかる」みたいなことが、本当にさっぱりわからないらしい。第三者を交えて食事をしても、びっくりするくらい空気を読まないので、相手がきょとんとしてしまい、焦った私が夫の性格の解説役に回る。

もっとも、第三者がいればまだマシなのだ。一対一で過ごしている時間ほど、性格の違いは顕著に露呈してしまう。

たとえば私が悲しいとき、夫は欠点を指摘し、まるで論理的な上司かのようにアドバイスしてくれる。私のお腹が痛いとき、夫はとくに何も言わず、頼めば鎮痛剤を薬箱から出してくれる。しかし私がまず欲しいのは、「大丈夫？」のひと言なのだ。それだけで悲しみも、腹の痛みも消えたりするのだけれど……。

そうした性格の持ち主が投げつけられる捨て台詞は決まって、

「相手の気持ちになって考えてみなよ。どうしてわかってくれないの？　考えたらわかることでしょう！」

という感情爆弾のようなものである。何を隠そう、付き合ってからの6年間、何度もその爆弾を放ってきたのは私の側だ。これだけ一緒にいるのに、感情が微塵《みじん》も伝わっていかないという現実に、どうしても落胆してしまう。

しかし同時に、こちらにも大いなる欠点がある。夫から見れば私は、

「自分の部屋番号くらい覚えなよ。どうして覚えられないの？　たった4ケタの数字でしょ？」

……と嘆きたくなるはずなのだ。自分でもこの短所は重々承知しているけれど、メモする他に為す術なし、というのが情けない現状だ。だからもしそんなことを言われた日には、無理なものは無理なんだ！　と嘆き返し、心の壁をつくってしまいかねない。

私たちは小学校で「自分がされて嬉しいことを、相手にもしましょう」と教わってきたけれど、この教訓には落とし穴がある。だって、痛みを感じたときに欲しいものが、人によってはまったく違う。でもそんなこと、小学校では教えてくれなかった。

私の心が痛むとき、「寄り添い」という薬は効果てきめんだ。誰かに助けてもらったり、逆に誰かを助けたりすることで、刺々《とげとげ》しくなっていた心もまあるくなる。しかし夫

が悩んでいるときは、「一人にする」という薬が効くらしい。心を落ち着け、俯瞰《ふかん》して考えることで、ようやく前向きになれるそうだ。心が痛むときの対処法が、まるで逆なのだ。

二人暮らしをはじめた当初は、これをお互いが知らなかった。だから私が落ち込み、悲しみに暮れていると、いつも夫は何も言わず、別の部屋に出ていった。それは夫なりの「自分がされて嬉しいことを、相手にもしましょう」だったのだが、私はドアがバタンと閉じられる音に落ち込んだ。

同時に、夫がイライラしているとき、私はいつも隣で「大丈夫?」「何が苦しいの?」「できることがあれば言ってね」「何か食べたいものある?」と寄り添い続けていた。それでも夫の表情はいっこうに優《すぐ》れない。しまいに私は(もしかして、私がイライラさせてるのか……?)と自虐に走る始末。ただ、夫は思考を整理する静寂が欲しいので、とにかくほっといて欲しかったらしい。そんなの、言葉にしてもらわなければ想像もつかなかった!!

人にとって、効果のある処方箋はまるで違う。そして処方箋を取り違えると、どれだけ相手を大切に思っていようが、その気持ちは伝わらない。私たちの違いが、あまりにも顕著に出てしまったのが新型コロナウィルスのパンデミックの最中だった。

2020年3月、増え続ける陽性患者数を受けて、いよいよニューヨークは事実上のロックダウン状態となった。とはいえ、フリーランスで在宅ワーカーである私たち夫婦は、いつも通り家の中で働くのみだ。家の中に限っていえば、さほど大きな環境の変化ではないだろうと高を括《くく》っていた。

けれども、隔離生活も30日目くらいに入ってくると、私は完全に気持ちが参ってしまった。日頃から、ショッキングなニュースを見ただけで一日中落ち込んでしまうような性格でもあり、世の中がどんどん悲しみや怒りに満ちていく状況は、あまりにも辛い。

窓の外から救急車のサイレンが響くたびに、ＳＮＳで目にしたニューヨークの病院で働く看護師さんの涙の動画が頭をよぎり、他のことが考えられなくなってくる。彼女の身を守るための備品は、足りているのだろうか。私は幸いにも家の中で働くことができるけど、そうした立場にいるのであれば、もっと何かすべきではなかろうか。憂慮する私の横で、夫は淡々と機械工作をしている。

ほかのニュースを見れば、ブルックリンのスタジオで３Ｄプリンタを休みなく稼働させ、せっせとフェイスシールドをつくっては病院に運ぶクリエイターの活動が報じられていた。そのご近所である我が家でも、2台の３Ｄプリンタは四六時中音を立てて動いている。が、それは人のためではなく、夫の機械工作のためなのだ。「こんなときなんだから、人のためになにか技術を活かせないの?」と我慢ならず聞いてみた。私は私で、できることをやっていたけれど、仲間である夫にも、もう少し同じ方向を向いて欲しかったのだ。

けれども夫は「うちの3Dプリンタは、耐久性が低いから品質の低いものしかできない。それに俺は、美しいものをつくることで社会に貢献したいんだ。いまこの瞬間、地球上から美しいものをつくる人が消えたら、それはとても悲しいことだから」と答えた。

共感性の強すぎる私には、夫は一見、社会の痛みに無関心であるようにも見えてしまった。けれども一晩してから、それは尊重すべき意思だと気づいた。同じ方向を向くことだけが、共に生きる理由になるとは限らない。

――私は数字が覚えられない。夫は共感と呼ばれるものが、さっぱりわからない。小さな家の中でいまにも爆発しそうな多様性を共存させながら、相手の処方箋を教えてもらい、自分の処方箋もちゃんと伝える。私は今日も感情的な文章を書き、夫は今日も無心に機械工作に興じている。夫いわく、それは人類を震撼《しんかん》させるほどに美しい音を奏でるらしい。

美しくあること、とは

20歳の頃から、自分の感性が美しいと思うものを、意図的に避けていた。

当時京都の芸大生だった私は、「美大生・クリエイターのための」と謳ったフリーマガジンを創刊し、関西圏を中心に日本各地に配布していた。仲間と頑張ってつくっていたその雑誌は、読者からの反響も、広告掲載の依頼も、ありがたいことにたくさん集まってきていて、なかなかの手応えがあった。発行部数は1万部。いま思うとわずかな数字ではあるけれど、「美大生」という小さなマーケットに情報を届けるには、充分な数だった。

ある日、大学のゼミでその雑誌について発表していたとき、一人の講師にこんなことを言われた。

「美大生の……と掲げるならば、塩谷さんの趣味嗜好に当てはまらない領域もしっかり載せてあげて欲しい。美大生の中には、ここに出てこないことをしている人もいるでしょう。たとえば保存修復とか……」

なるほどたしかに、と思った。

当時の私たちは、華やかなものばかりに目を向けがちで、その雑誌を飾る多くはペインティングや彫刻、舞台芸術、ファッション、版画、イラストレーション、グラフィックデザイン、もしくはさまざまな企画を編みだすプロデューサーの活躍など。いつだって新しい時代をつくるムーブメントに熱狂していたし、目新しい情報が入ればすぐさま取材に駆けつけた。だからこそ、古い絵画などを修復する人たちのことは盲点だった。もちろん、そこで頑張っている同級生たちがいることは知っていたし、親しい友人でもあり、尊敬もしていたのだが、自分の守備範囲ではないとも思っていたのだ。

大前提として、人の手で編集している以上、そこにはもちろん取捨選択が存在する。けれども、その講師の一言を受けてから、できるだけ「公共性」のようなものを意識しなきゃいけない、と考えはじめた。ほかに関西発祥の類似メディアはなかったし、多くの美大受験予備軍の高校生たちも「美大生活の情報源」として読んでくれていたからだ。

他のゼミ生たちが特定の分野への専門性を高めていく中で、一人ブツブツと「公共性……公共性……」と念仏を唱えはじめることになる。

もっと世界観を統一させたい、もっと好きなものばかりを取材したい、というメンバーもいたけれど、「これは趣味のZINEじゃないし、個人の作品でもない。美大生のための情報メディアだから。尖らせて、読者を切り捨ててしまうようなことはしたくない」と熱弁し、できるだけ幅広い情報を網羅できるよう努めていた。広い視野を持ち、広く伝えることは至上命令だ、と。

そうこうしているうちに、「自分の好むものだけを選ぶ行為は、やっちゃいけないこと」だと思い至るようになったのだ。

それは会社員になってから、より強固なものになる。フリーマガジンの運営は後輩たちに任せ、渋谷区にある会社でいちWEBディレクターとして、数多くのキャンペーンサイトやコーポレートサイトをつくる仕事に就いた。アートやデザインと呼ばれる世界ばかりに触れていた日々からは一転し、クライアントは、医療や金融、福祉など、社会を支えている大きな存在ばかり。これまで「美大生のために……」と躍起になっていた自分のちっぽけさを感じつつ、社会的意義のある仕事に武者震いした。

そこで学んだことは、まず第一に、マーケットリサーチ、そして競合比較。マトリクスの中でポジションを確認し、チームに共有してから、つくるべき正解を「当てに」いく。人様のお金を預かっているのに、己の偏った引き出しの中から答えを探すというのはもちろんご法度。そんなことをすれば、正しいマーケットが捉えられなくなってしまう。だから自らの「感性の引き出し」は蓋を閉めて鍵を掛け、毛布のようなものでくるみ、心の奥底に沈めた。ボタンの色や形は、可読性の高さ、クリック率の高さで決まっていく。コンピューターに膨大なデータを読み込ませて機械学習を仕込んでいくように、自分の頭にたくさんの前例や法則をインプットしていった。

その結果、コンピューターではない私は、ちょっと壊れた。

自らの信じる美学を探求している人が、死ぬほど羨ましくなったのだ。いや、妬《ねた》ましい、というほうが近いだろう。

私は社会のために我慢しているのに、その傍《かたわ》らで美しさを追求する人たちは、甘い砂糖菓子のようなナルシズムに埋もれているように見えてくる。距離を置きたい、見たくない、けれどもSNSの拡散で目に入ってくる。当時の心境を言葉を選ばずに書いてしまうと、「自分のことばかりに酔いしれやがって！　こっちは身を粉にして他人様《ひとさま》に時間と精神を奉仕して、もう何日もろくに寝れてないんだよ！」というお粗末なものだ。本来自分がやりたかった仕事とは違う部署に配属されたため、ある種の被害者意識のようなものも強かったのかもしれない。

睡眠。何よりも睡眠。とにかく寝る時間が欲しかったのだ。朝方までファミレスで仕事をしたあと、数時間だけの睡眠を求めて帰宅。翌朝は化粧などする暇もなく、マスクをして電車に飛び乗り、乗り換え駅である井の頭線渋谷駅のトイレを化粧室にしていた。汗だくの顔面にファンデを叩き、チークとアイブロウとアイラインをのせるまでに60秒。60秒でどこまで完成させられるか、というスポーツだ。

「ぜいたくは敵だ！」

平和な日本の平成後期、東京の小さなワンルームマンションで、一人そんなプロパガンダを掲げていた。心が戦闘モードなので、仮想敵も増えていく。たとえば、アパレル店員、美容師、百貨店で働く美容部員――。美しさを生業にしている人の前に立つと、寝不足で疲れ果て、髪も肌も服もみすぼらしい自分が否定されているようで、惨めだった。いま思えば、勝手に試合のゴングを鳴らし、勝手にボコボコに負けているのだから、その滑稽さに笑ってしまうのだけれども。ボロボロになった自尊心を癒やすためには、誰かを否定し、自分を肯定してやるしかなかったのだ。他者の否定は、束の間の心の薬になる。

仮想敵は多かった。政治や経済、社会問題のトピックは扱わず、ひたすら「量産型モテ」を是としてくるファッション誌も、動きにくいわりに高額な服ばかり並ぶ百貨店のレディースフロアも敵だった。敵！敵！敵！……と眉間にシワを寄せて呪いながら、ただただ忙殺され痛む心に薬を与えていたのだ。

実をいえば、19歳の頃は自分もマネキンのように毎日着飾るアパレル店員だったのだが、戦闘モード真っ最中にはその過去さえ忘れていた。もっとも、人は遥かな遠い場所にいる相手には嫉妬心を抱きにくく、「自分がそうなれたかもしれない姿を実現している人」に対して嫉妬するものらしい。

――時は流れ令和になり、こともあろうか、私は美しいものを細胞レベルに肯定して生きている。ここ数年の間で、私の中の「美しくあること」という定義が、天と地ほどに変わってしまったのだ。

29歳からはじまった人生はじめての海外暮らしでは、言語表現では意思疎通が不十分。そこで頼りになったのはなんと、これまでに培ったスキルではなく、人脈でもなく、自分の心の底で鍵を掛けてしまい込んでいた美意識だった。

おぼろげながらも自らの中にある美意識を確かめて歩いていくと、その先にさまざまな出会いが待っていた。順風満帆とは言い難い海外生活の中で、その出会いがどれほど尊いものだったか。

「自分が美しいと思うものを、ちゃんと美しいと感じていいのか……」

とても静寂な天変地異だった。嬉しくなり、どんどん美しいと思うものを文章に綴り、写真に残し、世の中に話しかけてみた。するとまた、次なる道しるべが見えてくる。そうした連鎖がはじまったとたんに、これまで我慢していた10年分の感性が、決壊したダムのようにズドドドッと溢れ出てしまい、収拾がつかないくらいに、世の中がキラキラと美しく見えはじめたのだ。

くたびれたリネンのシーツも、曇り空の向こうに霞《かす》んで見える高層ビルも、実家のキッチンで育てている豆苗《とうみょう》すらも、どれもがちゃんと、美しい。

振り返ってみれば、アジア人として生まれた私たちは、生まれ持った身体や環境に劣等感を抱くための充分な環境を用意されすぎている。

私が少女だった頃に遊んでいた玩具は、シルバニアファミリーや、リカちゃん人形。そうした玩具を持てることは幸せの象徴でもあったけれど、いずれも当時の日本のメーカーが「素晴らしい欧米社会」への憧れを形にしたものだ。幼い私にとって、座敷にある日本人形はちょっと怖いけど、リカちゃんは憧れの存在だった。ディズニープリンセスたちは美しいが、下膨れのかぐや姫は野暮ったい。少女たちが自らの持った身体を否定せずに、そのまま「憧れ」を夢見させてくれるような巨大資本は、あの頃の日本にはあまり存在しなかったのだ。

広告や雑誌からは「一重まぶたさんは、まずアイプチを……」と言われ続けてきたので、一重まぶたを持つ私は高校生の頃から、アイプチをして、髪を染め、爪を塗り、自分を武装し続けた。ゆえに、化粧を落とした自分は耐えられず、ときにはお風呂上がりにもまた化粧をするという始末。

20代後半に、東京で借りていたデザイナーズマンションは、壁も床も明るく現代的だった。そうした陰のない空間には日本的な生活雑貨はなじまず、それならばと北欧の食器を集めたりもした。

こうして知らず知らずのうちに、持ちきれないほどの欧米コンプレックスを積み上げていたらしい。が、いざ時を経て夢の欧米で暮らしてみると、装飾的な街並みや彫りの深い顔、顔、顔に囲まれて、なんだかちょっと疲れてしまう。人柄も、街並みも、料理も、どれを取っても主張が強い。そうしたとき、ふと鏡で目に入った自分の、あまりにも簡素で素朴な顔つきに驚いた。「あぁ、これでいいのか」とストンと納得してしまったのだ。

その日から、私自身の美しさの指針は、他者に薦められるものでも、憧れの人が使うものでも、企業が流行らせようとするものでもなく、自分自身の細胞になった。

私が持って生まれた、枯茶色の瞳や、黄色くくすんだ肌、黒くて細い髪に馴染むもの……そうした基準を持って、世の中の美しいと感じるものを集めていく行為は、まるでわたし自身が生まれてきたことを肯定していくセラピーのようだ。何十年もそこにあった瞳なのに、本当の意味でちゃんと見たのは、生まれてはじめてのことだった。"Less is more." ずっと外にあると思っていた答えは、武装を解いた内側にあったのだ。

そこから、東アジア人のかたちをした自分の存在が馴染む空間をつくっていくのは、人生の愉しみにもなっていく。

自らの細胞が馴染むものを手繰《たぐ》り寄せていけば、自ずと「日本の美」と呼ばれるものにぶつかることが多い。でもそれは結果の一つであり、ときに韓国の場合も、中国の場合もある。さらには、モロッコやアイスランドの場合もあったりするからややこしい。「どんなジャンルが好きなの？」と問われても、明確なカテゴリーを挙げることはむずかしいのだ。

でも、それはべつに大した問題じゃない。〝じぶんの肌感覚〟さえ信じておけば、ラベルなんてないほうがいい。むしろ言語化し、ラベルを付け、様式化した途端に、失われる感性だってあるだろう。

けれども、次第に、惹かれるものの背景に一体何があるのか、そこに宿る思想や哲学をもっと知りたくもなってきた。なぜこの色に、形に、心地よいと引き寄せられるのか。家の中で靴を脱ぐ安心感の正体は一体何なのか……。

そうした疑問の答えを探して古い本を読み、本の筆者に共感したり反論したりしているうちに、こんどは自分の側に思想が蓄積されていく。流行りの風が吹けばあっちに飛ばされ、こっちに飛ばされ……と翻弄されていた頃とは違って、ようやく脚が生え、地面に降り立ったような喜びに満ちた感覚だ。

そしてもう、他者を否定して自分に薬を与えるのではなく、好きなものを介して他者と惹かれ合えるようになっていた。これは大きな、そして何よりも嬉しい変化だった。

関西の美大生という小さな世界から、すこし大きな世界に出てみてわかったのは、自分の担うべき公共性なんてものは、たかが知れている、ってこと。むしろ、偏愛を極めて、極めて、極めて生きたほうがずっと、出会うべき誰かと強く惹かれ合うということ。私の場合はやっぱり、東アジア人でもある自分の感覚を指針として、美しき世界を見出してみたい。そうしたごく小さな偏愛が、近しい感性を持つ仲間と繋がれば大きなうねりに発展し、いずれ大きな世界の中で「印象の薄い人たち」として静かに存在していた私たちの誇りを、取り戻すことに繋がるのかもしれない。個々としてはとても小さく、集まればとても大きな、やり甲斐ある役割だ。まぁべつに、やり甲斐なんてなくても構わないんだけど。

ある日ふと、Instagramで「美しくあることについて、考えを聞かせてください」と問いかけてみた。

すると何人かは、「美しいものを見るのは好きだが、自分自身が美しくあることは気が引ける」「限られた人に許されるもの」「美しさを磨いている人と一緒にいると気後れしてしまう」……と答えてくれた。わかる。すごくわかる。

一方で、こうした声も届いた。

「美しくあることとは、自分に向き合うこと」

「自分の内部にいる〝美しき人〟に問いかけ続けることです。信用に足り、満たされた気持ちになります」

「狭く深く集中できる環境を、どれだけ構築できるか。何かに没頭している時間は誰もが美しい」

「ある哲学書より、美しさとは自愛。ナルシストは自己愛。この両者が日本では混同されがちだと思います」

――最後の回答はまさに、かつての私そのもので、ヒヤリとしてしまった。美しくあることとナルシズムを混同し、「取るに足らない、ワガママで、必要のない贅沢」と一掃することで、心に薬を与えていたからだ。でも違う。美しくあることとはつまり、どう生きるか？　という自分への問いかけであるのだ。

私にとっての美しさは、儚《はかな》さや、安心感、静寂を伴うものだけれど、仕事に子育てにと忙しい友人が、その合間に刹那的に綴る文章も美しいし、なにかの魅力に取り憑《つ》かれ、日常を放棄するほど一心不乱に取り組む友人の姿も美しい。美しさの定義は、懸命に生きる人の数だけ多様化していく。

美しさというギフトは、誰からももらえないし、どこに行っても買えやしない。親や家族から器や環境は与えられるかもしれないが、与えられてばかりの器では自ら輝きを発しにくい。美しさとはつまり、自分だけが自分に与えてあげられる、大切なギフトなのだ。

自己卑下と慎ましさが混同される世の中で、その人らしい美しさを誇らしく思う人が一人でも増えて欲しい、と心から願う。

私はそのパレードには参加できない

日本での長期滞在を終え、ニューヨークに戻ってきた。

マンハッタン島を埋め尽くすように建てられた高層ビル群を見ていると、これほどのものをつくった人類はあっぱれだわ、なんて気持ちになる。そのうちの一つである国連本部では折しも気候行動サミット2019が開催中で、話題の中心は欧州から小さなヨットでやってきた少女に集中する。視線を下に落とせば、投げ捨てられた無数のプラスチックカップ。1杯26ドルのカクテルを飲みながらルーフトップバーで騒ぐ若者たちの喧騒と、ホームレスの演説が交錯する。中華料理屋の芳《かぐわ》しい香りは、次の角では強烈なマリファナ臭によって掻き消され、酸いも甘いも同時に、情報が大音量で降りかかってくるのはいかにもニューヨークらしい。昨日まで過ごしていた、穏やかで粒の揃った地元の景色とはエライ違いだ。

ここ2年、大阪と東京とニューヨークを同じくらいのバランスで転々としていると、ときに価値観の温度差でのぼせ上がってしまいそうになる。

先日とあるプロジェクトの一環で、大阪の百貨店の店頭に立ち、生理用品にまつわるアンケート調査を実施していた。回答者の方にはタンポンをプレゼントしていたので、何がもらえるのだろう？　と気になって近づいてくれる人もいたのだが、私が「生理用品の……」と口にしたそばから多くの女性客は苦笑いし、そそくさと足早に去ってしまう。

めげずに「生理用品をプレゼントしています！」とすこし声を張ってみたところ、今度は年配の女性からお怒りのクレームを受けてしまった。「シモの話」を百貨店で口にするなんてけしからん、ということらしい。品ある淑女の目には、ハツラツとタンポンを配る私は、下品極まりない存在に映ったのか。

しかしよく考えてみれば数年前まで、私だって公衆の面前で生理だ何だと口にすることはありえない、と思っていたはずなのだ。東京で会社員をしていた頃は、男性比率の高いオフィスの中で、殴られたような生理痛に襲われても鎮痛剤を飲んで隠し通していたのだし。あまりにも苦痛で午前休を取ってしまう日もあったけれど、そうしたときは「徹夜だったので寝不足で……」とかなんとか、言葉を濁しつつやり過ごしていたものだ。

ところかわって、フェムテック（女性特有の健康課題をテクノロジーで解決するビジネスの総称）のメッカともなりつつあるニューヨークで暮らしていると、性にまつわる開放的な空気に日々圧倒されてしまう。日本の地下鉄やコンビニも女性や少女の性的な姿で溢れているが、それは男性主体のものが大半だ。こちらでは女性たちが率先して性のタブーを打ち破り、街や店頭は女性の身体を肯定するような広告で溢れている。

その口火を切ったのは、THINX（シンクス）というサニタリーショーツを販売するベンチャー企業だ。THINXは2015年、「月経がある女性のための下着」というコピーの横に、女性器を模したグレープフルーツの写真をでかでかとプリントした駅貼り広告を打ち出した。それを見た通勤中のニューヨーカーたちは「なんと生々しい！」と騒然とし、それなりに問題になったらしい。けれども結果こうした広告が「生理は隠すもの」というタブーを打ち破り、それから雨後の筍のように数多のフェムテック関連サービスや開放的な広告表現が生まれた。米国でもっとも女性投資家が多い州はニューヨーク州らしく、女性起業家による挑戦が受け入れられやすい土壌もあるのだろう。

そして広告に打ち出されたメッセージや商品はすぐに、同じ街で暮らすトップインフルエンサーたちによって拡散されていくのだから、価値観はたちまち塗り替えられていく。同じアメリカのリベラルな大都市とはいえ、Facebook や Apple などの巨大テック企業がひしめく西海岸とは、ひと味もふた味も異なる文化圏だ。

THINX 創業者のミキ・アグラワル氏の Instagram を開けば、全裸でパートナーと抱き合う写真とともに、性生活のことが赤裸々に綴られているのだからぶったまげてしまう（ちなみにミキという名前からわかるように、彼女は日本人の母とインド人の父をルーツに持つ）。

ただ、こうした発信は彼女に限ったものではない。ニューヨークまで行かずとも、YouTubeやInstagramを開けば多くのインフルエンサーが、性生活について、生理について、セルフケアについて、そして生まれてから死ぬまでの身体の変化について、目をそらすことなく熱心に語りかけてくる。たとえば「natural water birth」とYouTubeで検索すれば、自宅のバスルームで家族に囲まれながら出産している実況動画が次から次へと出てくるのだけれども、それを見た出産未経験の私はしばらく放心してしまった。だって、全てが丸見えなのだから！

けれどもそうした空気に触れて、いつのまにか私も背中を押されていたらしい。少しプライベートな話をすると、私には子宮内膜症という持病があり、生理痛が人よりも重いらしい。ただ長年ずっと生理にまつわることすべてを「恥ずかしい」と捉えていたので、誰かに相談することもなく、痛みを我慢してやり過ごし、結果何年間も病気であることに気がつけなかった。けれどもある日、あまりの下腹部の痛さで動けなくなり、病院に運ばれ、入院中にようやく子宮内膜症だと診断されたのだ。そしてそれが生理のある人の10人に1人は持っている病気だと知り、驚いた。だって私の周りには、そんな女性は誰一人としていなかったのだから。

その後、ニューヨークにかぶれた私は少し勇気を出して、子宮内膜症であることをInstagramに投稿してみた。すると驚いたことに「実は、私も……」という声が四方八方から飛んできたので、仰天した。誰もいないと思っていたけど、みんなして黙っていただけだった。さらには子宮内膜症という病気をはじめて知りましたとか、自分も当てはまる気がするから婦人科に行ってみますとか、そうした声がいくつも届き、少しばかり涙が出た。

人知れず痛みに苦しんでいた人が、こんなにも近くにたくさんいたなんて！　であれば、もう恥ずかしいだなんて思わず、生理にまつわることを堂々と伝えるべきじゃないのか。そんな社会的使命というか、正義感に近いものを心に宿らせ、冒頭に書いた通り、生理用品にまつわるプロジェクトにも参加したのだ。その結果、百貨店では咎《とが》められ、ネット上でも品がないとか、日本とアメリカは違うとか、あらゆる批判を受けてしまうのだけれども……。

こちらでは性をオープンに語ることがあたりまえで、あちらでは生理と口にすると咎められる。大阪、東京、ニューヨーク……と行き来する日々はまるで価値観の交互浴だ。どこまでがセーフで、どこからがアウトなのか。相手が古めかしいのか、それとも自分が恥知らずなのか。そうした価値観の境目に立つ度に、私は「乳首解放運動」のことを思い出し、頭を冷やすのだ。

「男性のトップレスは許されるのに、なぜ女性はダメなの？」そんな性差を訴えるのが、#FreeTheNipple つまり「乳首解放運動」だ。アイスランドの女子学生たちからはじまったその活動は、瞬く間に世界に広がった。ニュージーランドのビーチにはトップレスの女性が集まり、ニューヨークでも乳首を解放した女性たちのパレードが開催され、ナオミ・キャンベルらもSNS上で参戦したそうだ。

ちなみにニューヨーク州を含む多くの州では、女性のトップレスは合法だ。インディアナ州とテネシー州などでは違法らしい。……と、法律がどうであれ、私個人の価値観としては、そのパレードには絶対に参加できない。親友に誘われたとしても「あなたは好きに解放して！」と見送る側に回るだろう。

きっと、これを読む女性読者の多くは乳首解放運動に関して、私の意見に同意してくれるんじゃなかろうか。でも、令和30年になればどうだろう。いまから少し先の未来にて、男女平等が限りなく実現しているとすれば、次は公共の場で堂々と授乳できないことに議論が集中するかもしれない。もし私に、母親に似て時代の空気を感じやすい娘がいたならば、彼女は乳首解放パレードに参加したいと願うかもしれない。そして60代になった私は「誰彼構わずおっぱいを晒すなんて、恥ずかしい！」と非難しかねない。それはまさに、百貨店で生理用品を配る私に、苦言を呈した淑女と同じだ。

「私の考えは正しく、間違っていない。そう思ってしまうのが、一番怖いことだよね」と、尊敬する友人が話していた。たしかに、正義感というのは罪悪感を伴わないぶん、タガが外れてしまいやすい。

正義感が暴走すれば、他者は倒すべき悪になり、しまいには攻撃することに快感すら感じてしまう。だから相手を言い負かしたいと武者震いしたときにこそ、乳首解放運動のことを思い出したい。相手の主張を受け入れることはできたとしても、私はそのパレードには参加できないのだから。

「ここじゃない世界に行きたかった」——アイルランド紀行

「じゃあ、アイルランドはどうですか？　ダブリンは良い街ですよ。少し雨が多いけど……」

短期の留学先を探していたとき、そう提案された。

他の候補地はどこも魅惑的なビーチやナイトクラブが自慢で、開放的になりきれない私には来世にとっておきたい目的地だった。

〝雨の多い街、ダブリン〟——。

なんと心地よい響きだろう。雨は嫌われ者かもしれないが、雨がもたらす効果は潤いだけではない。雨のせいで多くの人が家の中でじっと時間を過ごし、頭の中で思考を巡らせているとしたら……それはとても魅力的だ。

アイルランドといえば、スカートを翻しながらステップを踏みたくなるようなケルト音楽や、古代ケルトの祭りが起源であるハロウィン、ギネスビールやアイリッシュパブなどが有名だが、同時に、多くの偉大な詩人を生んでいる。

「ケルト民族は心になんの傷を受けるまでもなく、幻視家なのである」

これはアイルランドの著名な詩人、ウィリアム・B・イェイツの言葉だ。降雨量と詩人輩出率の因果関係などは知ったこっちゃないが、アイルランドで過ごす30日間に備えて、雨でも動きやすいお気に入りの服と、折り畳み傘、数冊の本をスーツケースに詰め込んだ。

せっかく何時間もかけてヨーロッパに行くんだから……と、目的地のアイルランドに行く前に、欲張って少しだけパリに滞在していた。パリの街は紛うことなく美しい。しかし残念ながらパリ郊外にある工場やディーゼル車による排気ガスの影響で、空気はちっとも美味しくはない。

シャルルドゴール空港から1時間半。ダブリン空港に着いた瞬間、久々にフレッシュな空気を吸い込み、細胞が喜んだ。空港のロビーにはアップライトピアノが置いてあり、おじさんが楽しそうに演奏している。素人演奏ではあるけれど、パリの権威的な美しさに囲まれた後だったからか、そのほがらかな演奏に気持ちがほっとする。ピアノが気楽に弾ける街は良い。

ダブリン中心街に向かう途中、白髪の美しい運転手さんと、こんな会話をした。

——どこから来られたんですか？

日本です。

——日本！　それはまた、本当に遠くから、そして大きな国から来られたんですね。

大きい？　日本が、ですか？

——人口の多い、大きな国でしょう。アイルランドの人口をご存知ですか？

えぇと……

——476万人です。あなたの国はどうですか？

1億人ちょっとです。

——億！　ほらやっぱり、日本は大きな国だ。

車窓はのどかな牧場から、少しずつヨーロッパの古い街並みへと景色を変えていく。

ダブリン中心地にほど近い住宅街でタクシーを降りた私は、「どうか評判通り素敵なホストマザーでありますように……」と願いながら金色のドアノッカーを持ち上げ、カン、コンと叩いた。

出迎えてくれたMarieは、ちょうど私の母と同い歳。ひと目みただけで、懐が深く、人情味あふれる人だと確信できた。私がスーツケース二つを二階の小さな部屋に運ぶ間に、彼女は紅茶をいれてくれた。小さな庭の見えるキッチンに、古いけれど可愛らしい食器と、サクサクしたクッキー。この小さなキッチンにはアイルランドの家族が暮らしてきた手触りのようなものがあった。

なぜここに来たのか、普段はどこで暮らしているのか、パリはどうだったか、このあたりで美味しいレストランはどこか……他愛もない会話なのに、まるで物語の中にでも入り込んだかのようで、私はあらゆる現実から解放された気がした。そんな瞬間、ラジオからニュースが流れてくる。

「もう毎日毎日、このニュースばっかりよ」

２０１９年４月、ここしばらくのトップニュースといえばもちろん、イギリスのＥＵ離脱問題だ。

アイルランド人にとって、ＥＵ離脱問題ほど日常を左右するニュースはない。そもそもアイルランドの歴史は、強すぎる隣人、イギリスの支配から脱しようとしてきた歴史でもある。そしていまも、アイルランド島の北部に位置する北アイルランドは、イギリス……つまり「グレートブリテン及び北アイルランド連合王国」の一部でもあるから事態は複雑だ。

ダブリン一有名な産業といえばギネスビールだが、醸造所はダブリンに、瓶詰めをする工場は北アイルランドにあるらしい。それに毎日、北アイルランドとアイルランドを通勤で行き来する多くの人々は、いまはなんの検問もなくその「国境」を越えている。人だけではなく、数多の商品や資材、経済的な往来も……。

そうした話をしているうちに、物語モードだった私の脳内はすぐさま現実モードに切り替わる。

私たちは「ここじゃない世界に行きたい」といまいる場所から離れてしまいたくもなるけれど、その遠い場所では結局、別の現実の中で人々が懸命に生きている。

もっとも、私は2017年から拠点を半分ニューヨークに置いているが、雑誌で読むニューヨークと暮らしてみるニューヨークとでは、まるで違う。資本主義の総本山であり、世界中からやって来た芸術家の卵が難易度の高すぎるロッククライミングにすし詰め状態で挑んでいるような街だ。そこで暮らし続けるには上位1％の成功者になるか、割に合わない家賃を払って窮屈な家に住み、泥水を飲み続けながら歯を食いしばるか……という二択。毎日のトップニュースはもちろん「トランプ大統領のびっくりツイート」からはじまる。実に素晴らしい目覚めだ。

アイルランドで仲良くなった、Allaという女性がいる。

滞在期間中にダブリン在住のクリエイターと出会いたいとInstagramで探していたところ、Allaのアカウントに辿り着いた。彼女の仕立てるジャケットに一目惚れし、オーダーできるか尋ねてみたところ、すぐに私の袖丈や身頃を採寸してぴったりな一着をこしらえてくれた上に、トントン拍子で仲良くなり、アイルランドで過ごす1ヶ月間で10

回も一緒に時間を過ごした。

彼女はウクライナで生まれベラルーシで育ったファッションデザイナーなのだが、大学院で生物学の研究に取り組み、その後企業に就職。しかしキャリアを大きく変えて服飾の世界に入ったそうだ。彼女のつくる衣服は自然や動物に優しく、地球に溶け込むような素朴な美しさがある。私がオーダーしたジャケットは一見レザーに見えるものの、実はリネンに特殊な加工を施したものであり、製造過程で動物の殺傷をしていない。自身の哲学があり、内気ながらもとても物知りで、思慮深い女性だった。

そんなAllaのアトリエの本棚に、日本の美意識についての書籍があったので、少し見せてもらった。東洋美術や葛飾北斎の研究者であるジャン・カルロ・カルツァが手掛けた『Japan Style』という、美しい本だった。

浮世絵や、漆、茶道に華道。絹や藍染の美しさに、龍安寺の枯山水。金継ぎや侘び寂びなどの、時の経過すら慈しむ精神性——。ページをめくっているうちに、嬉しさ3割、不甲斐なさ7割……といった、なんともいえない気持ちになる。だって、こうした日本古来の美意識をいまの日本で堪能するためには、かなり計画的に行動しなければいけない。「日本の美は、引き算の美」だと言われても、街中は足し算で溢れかえっている。それが悪いという話ではないのだが。

ふと、ニューヨークで仲良くなった画家のAesther Changのことを思い出した。アメリカ生まれの彼女も日本の美意識を深く学んでいて、谷崎潤一郎の名著『陰翳礼讃』(英題：In Praise of Shadows) には大きな影響を受けたと言及していた。

そこで賛美されているのは、電灯がなかった時代の日本の美意識。たとえば暗がりで羊羹を食べるというだけの行為であっても、谷崎はこれほど芸術的に描写している。

だがその羊羹の色あいも、あれを塗り物の菓子器に入れて、肌の色が辛うじて見分けられる暗がりへ沈めると、ひとしお瞑想的になる。人はあの冷たく滑かなものを口中にふくむ時、あたかも室内の暗黒が一箇の甘い塊になって舌の先で融けるのを感じ、ほんとうはそう旨くない羊羹でも、味に異様な深みが添わるように思う。

欧米で生まれ育った人たちがこうした日本の伝統文化を求めるとき、そこに登場する日本人は、大量生産・大量消費の波にもまれず、凛とした立ち姿で自然と共にあゆみ、細部に宿る精神性を慈しんでいる。

彼ら彼女らにとって、日本は遠い国だ。そして島国であり、独自の言語を話す。資本主義を貫いてきた欧米の価値感を疑ったとき、そうした「神秘的で遠い国」のあり方が参照されることは納得がいく。しかし、いまの日本はどうだろうか。

ちなみに、『陰翳礼讃』の連載が始まった1933年の段階では、日本ではまだ蛍光灯すら使われていない。そんな中で谷崎は、現代の日本は明るすぎると憤っているのだから、今日《こんにち》の日本を見れば失神してしまうかもしれない。

欧米と異なり、日本の美意識は陰翳に宿るといったことがひたすら誇り高く書かれているものの、現代においては、電車もコンビニも住宅街も、欧米よりも日本のほうがずっと明るいだろう。

語学学校がはじまる前日になり、必要なものを買おうと、運河に沿ってしばらく歩き、ダブリンの中心街まで出かけた。ちょうど白鳥たちの帰宅時間だったようで、くすんだ空を映した水面に泳ぐ白鳥たちとすれ違いながら歩く。どんなに忙しい人であっても、この景色を前にすれば心穏やかになるのではなかろうか。

さて、私がアイルランドに来た目的は、他でもない語学留学だ。私が通うことになったのは、ダブリンの中心地にあるAtlas Language Schoolという語学学校。小さいながらとても評判が良く、情報通のMarieも「ダブリンならあそこが一番よ」と太鼓判を押していた。

学校に通うだなんて8年ぶりだったし、30歳にもなって学校という空間に馴染めるのかと緊張して入学したものの、同じクラスになった私より年上のメキシコ人女性のほうがずっと緊張していた。メキシコ人にも内向的な人がいるのか、と色眼鏡がひとつはずれた。

クラスメイトを観察すれば、どうやらざっくり二世代に分かれている。まずは、18歳から、21歳くらいの大学生。少数派の日本人や、中国人、韓国人、台湾人などの東アジア系はおおよそこの年代で、彼ら彼女らは毎日新しい出会いにワクワクしていた。最初は不安な表情をしているものの、すぐに友達をつくり、怒濤のごとくコミュニケーションしていく姿を見ると、やはり若さは強さだと思った。

そして、仕事を辞めて留学に来た30歳以上。この世代はメキシコやブラジルからの留学生が多い。自らの貯金をはたいて1年ほど留学するという人がほとんどだったが、午前中は学校に通い、午後は街中でアルバイトや在宅ワークに勤しむ彼ら彼女らは非常にリアリストだった。

「これまで、命の危険を感じたことはある？」

授業中、先生からの何気ない質問に、一人のブラジル人生徒は近所で銃口を向けられた話をした。私はそんなブラジルの現状に驚くばかりだったが、そこから堰を切ったように彼ら彼女らは自国の生きづらさを伝えてきた。税金が高すぎること。リオ五輪で国民の生活が圧迫されてしまったこと。治安が悪化し、命の安全が保障されていないこと。地価が上昇するのに給料は上がらず、働き盛りの若者も郊外の実家から毎日職場に通っていること——。

それに比べて、自分は「ゆとり」を集めて人の形にしたような、なんとも平和な姿かたちをしている。平たい顔だからという理由でもなく、のんびりとした顔つきなのだ。まぁ日常生活に文句はあれど、命の危険を感じることなんてなかった。そこはもう、恵まれているとしか言いようがない。

しかし別の日。

「幼い子がピンクの髪に染めたり、タトゥーを入れたりするのはどう思う？」

そんな質問を受けてみんなが持論を主張している中、私は「日本では大人になっても茶髪NGの職場がたくさんあるし、中高生では天然の茶髪や金髪であっても黒染めさせられる学校もあって……」と答えた。そう話したときの、クラスメイト全員の表情は忘れられない。生まれ持ったDNAを否定されることは、彼ら彼女らにとっては、人権侵害でしかないのだ。

週に2回マンツーマンレッスンを受講していたのだが、私と年齢の近いアイルランド人女性講師とお喋りする時間はただただ楽しかった。アイルランドの良いところ、日本の良いところ、また許せないところなどを、休憩時間も忘れて語り合った。

たとえば、就活スーツに身を包んだ就活生の集合写真を見せたときなんて、彼女は“Same, same, same, same!!!”と嘆き、画一的で無個性なビジュアルに激しくショックを受けていた。

私が日本で生きる上で息苦しいと思うこと……たとえば、多くの女性が結婚時に姓を変えること、同性愛者がまだ法のもとで家族になれないこと、緊急避妊薬を手に入れるハードルが高すぎること。そんな話題を日本人同士で話しているときよりもずっと、彼女は驚きや苛立ちをあらわにしていた。

ちなみにアイルランドは厳格なカトリック社会で、欧州でもっとも保守的な国だともいわれており、１９９３年まで同性愛は「犯罪」とみなされていたほどだ。しかし２０１１年にはパートナーシップ制が、２０１５年にはついに同性婚が合法となる。有権者の60・5％がそのときの国民投票に参加し、うち賛成が62％。「私たちが憲法を変えた」という意識は強かった。

そんな具合でマンツーマンレッスンをしている最中に、ちょうど日本が令和を迎えた。

「日本には和暦があって、私は１９８８年生まれだけど、日本の書類には昭和63年と書くの。私より後に生まれた人は平成、そしていまこの瞬間からが令和」

——こう言うと大抵のアメリカ人なら「わぁ、なんて面倒なシステムなんだ！」と返してくるから、きっとここでもそうした反応だろうと高を括っていたところ、アイルランド人の彼女は「なんて素晴らしいの！」と感嘆した。独自の暦を守り、独自の言語を守り、独自の文化をいまも守っている。そのことがいかに尊いことであるか、熱弁されたのだ。

というのも、アイルランド語を日常的に使う人はかなり限られている。強すぎるイギリスの支配だけではなく、「英語のほうが便利だから」という現実が、彼ら独自の言語文化を日常から遠ざけてしまった。

日本のオフィスは隅々まで蛍光灯でピカピカに輝き、陰翳礼讃なんて遠い昔話になってしまったけれども、それでも私たちはいまも、日本語を話し続けている。世界で愛される評論を原文で読み、自らの思考を同じ言語で綴ることができることは、私が考えているよりもずっと重要な営みなのかもしれない。

グローバル社会において、英語が不得意であることは言うまでもなく大きな損失だ。WEBサービスをつくるにも、日本人が日本語版を英語版にえっちらおっちら翻訳しているうちに、英語ネイティブが出した類似サービスが世界を席巻していることだってある。

GoogleやAmazon、FacebookやApple、そしてNetflixのような世界のプラットフォームとなるようなサービスが日本から生まれ得ないことを、何度うらめしく思っただろうか。事実、アイルランドが英語圏であるという利便性により、上述したGAFAのような巨大テックカンパニーの多くがヨーロッパ支社をダブリンに置いている。IT企業で働く若者にも多く出会った。

ま、うらめしく思っていても仕方ないか……と英語を地道に勉強している間にも、英語が準公用語であるインドからはOYOなどのさまざまなプラットフォームが続々と登場し、世界の「基準」をつくりはじめている。そして私は今月も、GoogleやAppleなどにサブスクリプションで数百円ずつ支払っているが、それはさながら巨大テックカンパニーへの納税だ。

――それでは私たちは、搾取される側の弱者なのだろうか？

AllaやAestherだけではなく、日本の思想や美意識を学ぶ外国人は少なくはない。不必要なモノと情報が溢れすぎる世界の現状に対して、そうした「異なる価値観を持つ世界」が存在するということは、多くの現代人の心の支えにもなっているのだろう。

しかしいま現在の日本に場所を選ばず彼女らを連れて行ったとすれば、かつて生活のすみずみにまで行きわたっていた美意識をどれほど伝えられるだろうか。

爆速で画一化されていく巨大プラットフォームと張り合うことや、そこに順応していくことが、私のやるべきことなのだろうか。それよりも必要なのは、濁流の中でこぼれ落ちてしまう心をちゃんと慈しむことではないのか。プラットフォーム大戦争に小さなヨットで挑むよりも、ゆっくり歩み、いまここにある美しさを見つめ直していくことこそ、私がこれからやるべきことなのだろう。

実をいうと、このコラムではアイルランドの観光的な側面ばかりを描写したいと考えていた。妖精の国の神秘、美しい曇り空や、おせっかいで人情深い人々、美しく手入れされた公園に、気軽に音楽を奏でる演奏家たち、市民や観光客に無料で開放されている美術館で堪能した作品の数々――。

でもそうした「素敵な異国」らしさだけをすくい上げて伝えることは、ある種罪深い。憧れの異国をメディアが賛美すればするほど、私たちは逃げたいと思ってしまう。しかし実際のところ、逃避した先にもまた、現実があるだけなのだ。それであれば、現実を嘆いて存在しないユートピアを夢見るよりも、いまを少しでもマシな方向に進めるほうがずっといい。

これまでは、文化人なら文化の話だけ、ファッショニスタならばファッションの話だけしていれば、その憧れで飯が食えた時代だったのかもしれない。でも、もう違う。マスメディアが音を立てて崩壊していく中で、つくられた世界の内情は露呈していく。そこに純粋無垢に憧れ続けられるほど、私たちは馬鹿ではない。「ゆとり」を集めて人の形にしたような私ですら、ぼんやりしちゃいられない、と静かな闘志を抱いているのだ。私たちは、人が人としてあたりまえに生きるための言葉を取り戻していかなきゃいけない。浅ましく、そして美しいこの現実を、ちゃんと見つめていかなければならない。

——語学学校に通いはじめて、ようやく迎えた最初の週末。

やっぱりダブリンは雨模様で、たまりにたまった洗濯物が乾かせない。小さなヒーターの上に大量の洗濯物をぶらさげながら、部屋干しの香りがする中で、私はたまった感情をひたすら文章にしていた。

II　じぶんを生きる

「化粧したほうの私」だけが存在を許される世界で

もう随分と化粧をしていない。

週に一度、食材の買い出しに行くときに眉の薄いところを描き足すくらいで、顔の大部分はマスクで覆われているのだから諦めもつく。知人にバッタリ出くわす可能性も低い異国暮らし、さらには東アジア人の目鼻立ちなんて薄くて当然である訳で、ぼんやりした顔で近所をうろつくことに、なんの躊躇《ためら》いもなくなっていた。

これまで、自分の脳裏に存在している自分の顔は、いつも「化粧したほうの私」だった。人と会うときの顔こそが、自分。Googleの検索窓に自分の名前をほうりこんでも「化粧したほうの私」しか出てこない。検索結果が固有名詞のイメージを形づくるのだとすれば、「化粧しないほうの私」はこの世に存在しないことにもなりそうだ。

しかし、こうも人に会っておらず、ぼんやりした顔ばかり鏡で見ていると、そこにいる「化粧しないほうの私」をそろそろ自分として受け入れてやるべきなのかと思わされる。

私は化粧をすることが好きではないが、かといって化粧をしない自分の顔は見ていられない……というめんどくさい人間である。他人の顔面コンプレックスについてみなさまがどれほど興味があるかは存じ上げないが、ステイホームが続く中これといった刺激もない訳で、今日はそんな化粧にまつわる話をしてみたい。

はじめて化粧をしたのは、8歳の頃だった。私は大阪の小さな劇団の末席に所属し、子役のうちの一人としてミュージカルの舞台に立っていた。発声練習をしたり、牛丼屋へお昼を買いに行ったりと、大人に混ざって過ごす時間はどこを切り取っても新鮮だったが、その中でも忘れがたいのは、はじめて舞台化粧をしたときの衝撃だ。

アイラインを引いてもらう瞬間、まぶたにヒヤリと冷たさを感じた。10秒数えてからそっと眼を開けば、ハッキリとした顔立ちの自分が鏡に映っている。ぼんやりとした顔だったのがまるで別人のようになり、舞台仲間たちは口々に、「お化粧したらえらい変わるなぁ！」と反応を示してくれるのだから驚いた。

そもそも、演劇や芸能の世界に片足を突っ込んでいるような子どもたちはみんな、私こそが主役！という自信の強さと、それを象徴するようなハッキリとした目鼻立ちをしていた。いかにも脇役である私だが、化粧ひとつで立場が少し浮上することに味をしめた。

私の右目は弱視で、生まれつきあまりよく見えていない。それでも、幼いうちに矯正すれば少しはマシになるからと、幼稚園から小学生の頃までは眼鏡をかけ、左目にアイパッチという肌色のシールを貼っていた。これまで使ってこなかった右目だけを集中的に使うことで、視力を上げていこうという作戦だ。ただ子どもというのは残酷で、その姿で登校すれば「お前の左目どこやねん!」と笑われる。それが嫌になり拗《す》ねていたら、絵の上手な姉がアイパッチの上にサインペンで少女漫画のような瞳を描いてくれた。遠くから見れば、本当の瞳のように見えなくもない。家族からも「ええやんかぁ」と評判は上々だ。それに喜んで「少女漫画の瞳」を付けて登校したら、「キモッ」と一蹴された。

だからなおのこと、眼鏡からもアイパッチからも解放されて、舞台化粧をする瞬間は至福だった。とくに小学校の友達が舞台を観に来てくれるのは嬉しいことで、「学校の私とはちゃう、こっちがほんまもんの私!」と、8歳ながらに悦に入っていた。しかし数年後には、それが呪いに変わっていく。

16歳。コギャルブームは過ぎ去ったとはいえ、制服を小汚く着崩し「ケバい」化粧を施すのが、当時の女子高生たちのスタンダードだった。極太のアイラインに、極細の眉毛、髪の毛にはカラフルなエクステを編み込み、耳がちぎれそうなほど大きなピアスをぶらさげて、スクールバッグにはポスカで落書き。地域性もあるかもしれないが、大きな声で「うぜぇ」「やべぇ」と汚い言葉を連発する。「ぴえん」と小鳥のように鳴く、2020年の女子高生たちのなんと上品なことだろう。

当時の女子高生たちはまるで猿山の猿のように、他人のエクステをつけたり、枝毛をむしったりしながら、教室の真ん中で数珠つなぎに胡座《あぐら》をかいて群れをなしていた。そして床をバシバシと叩き、大きな音を鳴らす。化粧が濃くて、装飾が派手で、大きな音を鳴らす集団こそが、スクールカースト上位の証《あかし》……という、なんとも原始的な価値観だ。

冴えない中学生だった私も、入学してその空気を察するやいなや、大慌てで変身した。1年生の春というのはスピード勝負だ。おおよそ見た目の近い人たちで数日以内に集団をつくり、それがそのままスクールカーストとして3年間続いてしまうのだから、ぼんやりしている暇はない。辛い中学時代を過ごしたこともあり、今度こそ人権を確保するぞ！　と入学直後の週末に髪を染め、ファーストピアスを打ち込み、極太のアイラインを引き、熟《う》れすぎた桃のようにチークを重ねた。目には念願のコンタクトを入れて、さながら「ほんとの私、デビュー」というキャッチコピー通りの高校1年生の完成だ。そうして無事、強者に迫害されないだけの立場を手に入れた。

けれどもある夏の日、寝坊して化粧もできないまま、血色の悪い顔で教室に飛び込んだ。するといつも優しい男性教師が、ギョッとして私にこう声を掛けてきたのだ。

「どないしたんや、塩谷。体調悪いんか？　顔色が最悪やぞ！」

それを聞いた周りの生徒たちが、なんやなんやと顔を覗き込んでくる始末。その場にいるのも辛くなり、教師の仰るとおり体調が優れないということにして、化粧ポーチを掴みトイレに逃げた。

周囲の大人からは「まだ若いんだから、お化粧なんてしなさんな」と言われる年齢にもかかわらず、化粧をしなければ教室にもいられない。そこからは自分の素顔を見せることも怖くなり、部活の合宿でも、修学旅行でも、風呂上がりに一人隠れて化粧をした。あまりの長時間塗装に肌は荒れるのに、さらにその凹凸を埋めるように、何度もなんども塗りつぶしていくのだから悪循環は止まらない。

20歳。美大生の仲間とつくっていたフリーマガジンをキャリーケースいっぱいに詰め込み、梅田駅周辺からバスに乗り、東京まで配りに行くのが私の習慣だった。さすがにバスの中では塗装を剝がしてもよかろうと、途中のサービスエリアで化粧を落とす。名古屋、浜松……と夜が明けていき、すっぴんボサボサで新宿のコクーンタワーの前にほうり出される。そこから東京メトロ丸ノ内線に乗り、新高円寺にある姉のマンションまで向かうのだ。

しかし相手は新宿だ。とにかく段差が多い。土地勘もないので、エレベーターやエスカレーターがどこにあるか見当もつかず、ガラケーの中に表示される大雑把な地図を頼りにフラフラと彷徨《さまよ》うボサボサの女子大生。15キロはあるキャリーケースは、非力な私にはあまりにも重くて、階段を一段、一段と上るたびに脂汗が滲み出る。サラリーマンたちが横を通り過ぎていく。

やっとの思いで新高円寺までたどり着き、姉の家でシャワーを浴びて、一休みしてから活動開始。数時間前とはまるで別人のように、判を押したような量産型女子の姿かたちで街に繰り出す。そしてまた15キロのスーツケースを持って、階段で四苦八苦していると、「手伝いましょうか?」と声がするのだ。

振り向けば、優しそうなお兄さんが立っている。すごく重いですよ、と心配する私の横で「軽いもんですよ」と、ひょいと持ち上げ、スマートに運んでくれるのだ。感謝を伝えれば、その男性は笑顔で颯爽《さっそう》と去っていく。なんて紳士的なんだろう。

一度だけであれば、ありがたい出来事だと感動しただろう。しかし二度、三度とそうしたことが繰り返される一方で、塗装を落とせば誰も手を貸してくれないのだ。私が足腰の悪い老婆であったなら、別の意味で助けてくれる人もいたかもしれないが、「若い女性」に向けられた異性からの視線は、わかりやすく露骨である。街を歩いているだけで、品定めされているようなものだ。

（女性は）身繕いする際につねにあらかじめ異性からの視線をじぶんの視線のなかに取り込んでおかねばならないという不自由さがある。つまりいつも「品定め」する視線にさらされているわけで、だから少なからぬ女性が、じぶんを目立たせる服ではなく、じぶんがそのなかに隠れることのできる服を着たいとおもうということもあるのだろう。

（鷲田清一『ちぐはぐな身体』筑摩書房）

いま思えば、派手なメイクが好きで極太アイラインを引いていた訳ではなく、量産系ファッションが好きでポリエステルの小花柄ワンピースをひらつかせていた訳でもなかった。学校や社会という集団の中で、大多数にとって是とされる女性の姿かたちを真似ることで、品定めの規定に容易《たやす》く合格し、自分の立場を守りたかったのだろう。

31歳。エッセンシャルワーカーを除く世界中の大半の人が在宅を命じられた疫病の年、ニューヨークにある自宅の中で化粧をすることもなく、ただただ地味な毎日が過ぎていく。こんなに肌を休ませたのは、高校入学以来はじめてなんじゃなかろうか。

ステイホーム期間中の肌はじわりじわりと「自然な姿」に解放された。なにも塗装せず、なにも隠さず、たまに洗顔するくらいだ。1ヶ月くらいすると、いままで封印されていた顔の力みたいなのが、なんだか戻ってくる。

週に一度はマスク姿で、せめて気分が下がらないようにとお気に入りのワンピースを着て、近所のスーパーまで買い物に行く。大量の食材を買い込んでエコバッグ4袋にギュウギュウと詰め込み帰り道を歩いていると、「あなたの服装、本当に素敵！」とおばさんに声を掛けられた。「ありがとう、あなたも素敵！」と返事をしつつ、貴重な他者との触れ合いに心は少し軽くなる。

ニューヨークでは、相手の顔を褒めることはめったにない。どこか相手のビジュアルを褒めたいのであれば、衣服や持ち物など、後天的に選んだものばかり。体型や容姿を蔑《さげす》むことはもちろん、褒めることもご法度で、持って生まれた容姿を一方的に判断してはならない、という人権意識を持つ人が多い。そうした文化圏で過ごしていると「品定めされている」というような不快感は（もちろんゼロではないが）いくらか低くなる。

この感覚は、数年前に日本でダイアログ・イン・ザ・ダークという暗闇エンターテインメントを体験したときと、少し似ている。なにも見えない真っ暗闇の中で、面識もなかったはずの参加者たちとコミュニケーションをしていくと、相手が男性であろうが女性であろうが、童心に戻って親しくなれてしまうのだ。他者からの視線、とくに「品定め」をしてくる異性の視線から解放されると、気持ちはうんと自由になる。

しかしあのプログラムの要《かなめ》は、最後にまた明るい空間へと戻ったときの衝撃だろう。暗闇で親しくなった「仲間」たちの顔や服装をあらためて見ると、自分の脳内に浮かんでいた容姿のイメージとはまるで違う。もし彼ら彼女らと高校1年の春、同じ教室にいたならば、それぞれが異なる集団に所属して、言葉を交わすこともなかったかもしれない。

ここまであたかも、自分が品定めを受ける側であるかのように書いてきてしまった。しかし、まったくそれだけではなかったのだ。人間は都合の良いことに、自分の受けた被害は忘れないが、加えた危害は忘れてしまう。私自身、品定めをする側でもあったじゃないか。あの子はどうだ、この人はどうだと、面《おもて》だけを見て勝手な期待や排除を繰り返し、自分の立場を守るために友人を選んだ。もし暗闇で出会ったのであれば、世界一の親友になれたかもしれない相手がいたとしても、外見だけでその可能性を潰していたのだ。ルッキズムに囚われて他者を一方的に判断していたのは私でもある。

そういえば舞台稽古に精を出していた子どもの頃、舞台化粧とは違った意味で、心から楽しめる空間があった。同世代の子どもたちが集まる、インターネットの掲示板だ。当時のインターネット回線はとても貧弱で、私たちは文字情報と、画素数の低い自作のイラストなどで交流した。顔も知らない親友たちとメル友になって、趣味を語り合っていた数年間は、ルッキズムの支配下にない、とても牧歌的な日々だった。

いまの10代は一体どんな景色を見ているのだろうと気になって、TikTokを開いてみると、薄ピンク色の肌に加工された若い女の子が、胸を揺らしながらダンスを踊っている。何千件も集まるコメントの多くが男の子で、性的対象としての「品定めに合格！」という声ばかり。時代は自由に向かおうとしているはずなのに、どうしてこうも私たちは、表層的にジャッジする息苦しい世界を続けてしまうのだろう。

インターネットがテキストだけの文化圏だったならば、もっと知的好奇心で人と繋がれたかもしれないのに。私自身、ミクシィが出てきた頃から顔写真をアップロードすることに抵抗がなくなってしまったけど、やっぱり本当は、テキストだけのほうがずっと、現実社会とは異なる豊かな出会いに満ちていたのかもしれない。

Googleの検索結果をリセットするために、新たなペンネームで生きていこうか。あの頃のインターネットみたいに、テキストだけで勝負していこうか。いややっぱり、化粧していないほうの私にもう少し立場を与えてやるべきなのか。否が応でも、自分自身とのコミュニケーションが増えるいま、なんだか再び思春期に閉じ込められたかのように、化粧にまつわる思考をめぐらせてしまう。

人の話をちゃんと聞いていませんでした

私は、人の話をちゃんと聞いていない。お恥ずかしい限りなのだけれども、調子に乗った私と話したことがある人であれば「あぁ、ずっと喋ってるよね」と返されてしまうに違いない。もう子どもでもないのに、話をしたいという欲を、いまだに制御できていないらしい。

相手がなにかを話しているそばから、集中力が切れてしまい、出てきた単語だけが自分の頭の中をヒュンヒュンと飛び回る。そしてその単語が、長いこと蓋をしていた思い出と繋がったりすると耐えきれず、蓋がパカーンと開いて喋り続けてしまうのだ。

たとえばだれかのお宅にお邪魔して、家主が手間暇かけた、とても美味しい冬瓜《とうがん》のポトフをふるまってくれたとしたら、どんな感想を述べるだろう。

「あぁ、すごく美味しいですね。この冬瓜、とても瑞々《みずみず》しいけれど、一体どこで手に入れられたんですか？」みたいに聞いてみたりすると、相手はニコッとして、実はものすごく縁のある農家さんから送ってもらった冬瓜の話をしてくれるかもしれない。そして、農家さんとの出会いについて、話が深掘りされていくかもしれない。
でも私であれば、「あぁ、すごく美味しいですね。ちなみに冬瓜といえば昔、家のコンポストに捨てた種から芽が出て、それをみんなで収穫したのが楽しかったんですよ、それもコンポストの土だから栄養豊富で……」なんて思い出話をはじめてしまう。ここで冒頭の「美味しいですね」はたんなる接続詞に成り下がり、私はすかさず、話の主役を自分自身にしてしまう。同じ冬瓜の話に聞こえても、これは「深掘り」ではなく巧妙な「すり替え」なのだ。しかも興奮で盛り上がってしまい、自分が何を喋っているのか途中でわからなくなってくる。

冬瓜の話は一つのたとえで、実際にあった会話ではないのだが、生きていく中で自分の暴走っぷりに対峙しなきゃならないのが、取材後のテープ起こしだ。毎回自分が嫌いになってしまうもんだから、この作業が本当に苦痛でたまらない。

上辺だけ聞いていると、相手が話していることを受けて返しているように聞こえるのだけれども、ちゃんと聞けば私はちゃっかり自分の話をしている。しかもポンポンと、話題が変わる。実にユニークな経験でしょうと言わんばかりに、興奮して突拍子もないことを次から次へと話し続ける上にスピードが速いので、相手を置き去りにしてしまう。

いつだってそんな自分のワンマントークショーにげんなりし、叶うならば現場まで戻って「喋りすぎ！」と叱咤《しった》したくなるのだ。毎回そうして反省しても、また誰かと話すときにはすっかり興奮し、止まらなくなっているのだから情けない。

でも別に、生まれながらに、そうだった訳でもない。相対的にみれば「控えでおとなしい」子どもだったらしい。

三姉妹の末っ子として生まれ、どんくさく、滑舌も悪かった私は、なかなか周囲のお喋りにも遊びにもついていけず、一番の話し相手といえば猫だった。仏頂面《ぶっちょうづら》の物言わぬ錆《さ》び猫である「ミヤ」を相手に、高校生になってもひとり、ブツブツと語りかけていたほどだ。人間の感情というのは、他の生き物を通過しない限り完了しないらしいので、いま思えばそれは我流のアニマルセラピーだったんだろう（けれどもそれをしている間に、人間に対する承認欲求を溜め込んでしまったのかもしれない）。

大学生あたりからは、社会的に立場があると相手は自分の話を聞いてくれるという事態に感動してしまい、自我がビッグバンのごとく爆発した。そこからは24時間オーディション会場のような、ひな壇芸人のような、討論番組の尺を奪い取るコメンテーターのような臨戦態勢でお喋りに熱が入ってしまうようになる。

喋っている間は興奮状態なので楽しいのだけれど、帰宅してテープ起こしのときに客観視すると、「うわ、必死すぎ……」と、自己嫌悪が止まらない。人の話を聞かない人は、余裕がなさそうで、自信もなさそうだ。夫と話しているときなんて、互いが譲らぬ自己主張を繰り返し、しまいには喧嘩のようになってしまうのだから、見ている人のほうが呆れてしまう。と、まさにそんなことが伊藤守さんの本に書いてあったので、自戒を込めて引用させていただきたい。

わたしたちが、人の話を聞けないのは、自分の正しさを証明するのに、精いっぱいだからです。お互いが、「わたしは正しい」と主張しているからです。自分の正しさを主張するもっとも簡単な方法は、相手の間違いを指摘することですから、とても、相手の話など受け入れられるはずがないのです。ところが、間違いを指摘されたり、相手が自分の正しさを認めてくれないと、ますます、正しさを主張しなければならなくなりますから、こうして、ますます、お互いに、相手を聞くことなどできなくなってしまうのです。

そもそも、正しさを主張する理由は、相手から受け入れられるためだったはずです。つまり、ほんとうは、「わたしは正しい。だから、わたしのことを好きになってください」だったはずです。でも、いつのまにか、「だから〜」の次は忘れられ、まるで逆のこと、つまり、相手から好きになってもらえないようなことを繰り返しているというわけなのです。

この不毛なサイクルを止める方法はただひとつ、どちらかが、相手の話を聞くことです。正しさの証明を続けていることが、自分の体に、感情に、どのような影響があるのか、自分の内側の声に耳を傾けることです。相手に十分聞かれていると感じたとき、人は、それ以上の自己主張はしないものですから。しないですむものですから。

（伊藤守『こころの対話　25のルール』講談社＋α文庫）

いつも自己主張ばかりしている私たち夫婦であるが、どちらかが相手の話を聞けば、正しさの証明合戦は終わり、豊かな会話が始まるのだということを目の当たりにした出来事がある。ある友人と食事をしていたときに、夫の口から私も聞いたことがないエピソードや、成熟していない考えがポロポロと溢れてきたので、驚いてしまったのだ。その友人は、私の4歳の頃からの幼馴染である手代木《てしろぎ》啓《けい》くんという32歳男性で、私の知る限り、とても実直に弁護士になるべく道を歩んできた。数年前に日本で弁護士になり、いまはマンハッタンにある弁護士事務所で働いている。

彼は好奇心がすこぶる旺盛で、遠い畑にいるはずの夫の話に対しても「それはつまり、こういうこと？」と、毎回軸をぶらさずに質問をしてくれるのだ。それに呼応するように、夫の話題もずんずんと深まっていく。啓くんの知識の幅は広く、集中力も高いので、どんな話が出てきても「じゃあそれは……」とより一層深くなる。そしていよいよ、夫にとってもやもやと考えてはいるけれど、まだ言語化していなかった領域にまで入ってくると、会話は途端に創造的になり、あらたな発見の源泉となるのだ。

それを傍《はた》から見ていた私は「天性のインタビュアーだ……」と呆然としてしまった。彼が聡明で集中力も高いことは昔から知っていたけれども、ここまで話を聞くのが上手い人は、そうそういない。彼がもしライターであれば、もしくはラジオDJであれば、どれほど面白い記事や番組がつくれただろうか！

そんな友人には、驚くほどに承認欲求がない。しっかり仕事をして、お金を稼ぎ、家族と幸せに暮らして、趣味の時間を楽しむことが、何よりのモチベーションらしい。もっとも、自分をアピールしよう！　だなんて思っちゃいないので、落ち着いて相手の話を聞けるのかもしれない。思い返してみても、幼稚園から中学校卒業に至るまで、啓くんが激しく自己主張していたことは一度もなかったし、いつも誰かの話を聞いていた（ただ、私の知る限り彼はずっと成績が学年トップだったので、何も主張せずとも目立っていたのだけれども）。

彼らが帰宅したあと、夫は「啓さんは、本当にすごかった……」と、すっかり虜《とりこ》になっていた。会話をしていた時間の満足度はあまりにも高く、すっかりファンになってしまったらしい。しかし夫と会話していた間、彼は2割くらいしか話の尺を取っていない。その人自身の魅力は、必死に話す尺を確保して自己アピールをせずとも、しっかり伝わるものなのだ。

自分が饒舌に話すよりも、相手の話をちゃんと聞くほうがよほどむずかしく、創造的な行為である。しかし多くの人は、相づちを打ったりしながら、次に自分が何を話すかということで頭がいっぱいになってしまっていると、前述した伊藤氏の本に書いてあった。そうした人同士の会話ともなれば、それはコミュニケーションではなく「ことばが途切れない」ゲームをしているだけなのだ、と。

これには耳が痛かった。私自身も取材中、相手の話を聞きながら、その時々に思いついた「次に質問したいこと」を忘れないようにと、パチパチと目の前のノートパソコンに打ち込んでいたりもしたのだけれど。振り返って考えてみても、そうしているときは、全然聞けていなかったのだ。聞いているふりをしていただけだ。

「魅力的な人に囲まれていたい」と願わない人はいないだろう。けれども、たとえ目の前にいるのが同じ人であれ、〝じぶんの在り方〟によっては魅力がまるで違ってくるのだから、結局は自分次第なのかもしれない。いつになくハツラツと、豊かな会話を繰り広げている夫を見て、あぁ、私たちはもう何年も一緒にいるのに、ちゃんと「会話」をしてこなかったのだなぁと、反省してしまったのだ。

私の故郷はニュータウン

「大阪万博のすこし前に、田舎からここに越してきたから」

「あのときは、外国の人がほんまに、ようさんきてねぇ」

小学校の頃、「地域のおとな」に話を聞こうというフィールドワークで、おとなたちは決まって誇らしそうに、大阪万博の話をした。

正式名称は、日本万国博覧会。1970年、いまは還暦を過ぎた父と母がまだ子どもだった頃、アジア初の万国博覧会が「家のすぐそこ」で開催されていたというのは、さぞかし誇らしい出来事だったんだろう。

テレビで高度経済成長の話題が出るたびに、「こんにっちは〜 こんにっちは〜 世界の〜ひとが〜」（作詞・島田陽子、作曲・中村八大）という三波春夫の歌にあわせて、セピアがかった大阪万博の映像が流れる。太陽の塔の城下町のようにつくられた千里ニュータウンという大規模なベッドタウンが、豊かになった日本の象徴として紹介されるたびに、おとなたちはみんな「ワッ！」となって、それぞれの昔話を語りだした。

「昭和天皇や皇太子さまが千里ニュータウン視察に来はったんよ」「自動改札機が日本で最初に設置されたんは、そこの北千里駅なんよ」……なんて話は何百回と聞いた。もう耳タコやわ、と思いながらも、よく見知った場所がテレビに出てくることは、私もちょっと誇らしかった。太陽の塔は、いまでもすぐそこにある。

でもそれは、過去の遺産だ。

1988年。大阪の北摂《ほくせつ》、千里ニュータウンで私は生まれた。

私が生まれた頃のその町はもう、祖母や母が自慢する「豊かな日本の象徴」ではなく、町の歴史と共に高齢化した、のどかなベッドタウンになっていた。

安全で、のんびりしていて、緑がいっぱいで、商業施設がほとんどなくて。かわりに公園がたくさんあって、道も広くて、車はめったに走ってこなくて。そこで家の前で友人とサッカーをしたり、野球をしたり、竹やぶの中でタケノコを探したり、クヌギの木に蜜をつけてカブトムシを捕獲したり、団地の下にもぐったり……。ご近所さんは優しい老夫婦が多く、ハロウィンでもないのに突撃しては、アイスやお煎餅を食べさせてもらうことも多かった。

夕方まで近所の誰かと時間を過ごして、万博の森に帰るカラスたちの声がカァカァ聞こえてきたら、家に帰る。

たまに「千里中央」の阪急百貨店にショッピングに行き、祖母が千里阪急ホテルへディナーに連れていってくれるときは、ちょっとした都会気分を味わう。とはいえそれも徒歩圏内だ。しあわせに暮らすために必要なものは、徒歩圏内にぜんぶある。

町と自分の境界線なんてなかった。どこに行っても見知った顔ばかり。あそこはピアノの先生んち、あそこは上のお姉ちゃんの同級生のとんちゃんち、あそこは真ん中のお姉ちゃんの友達の……と、ほとんどの家のことを知っていた。すれ違う人みんなが声をかけてくれた。

けれども次第に、この町は「つくられたユートピア」であることに気づきはじめた。

高度経済成長期の日本が他国の事例を参考につくり出した、理想の家庭、理想の教育、理想の都市設計の実験場が、千里ニュータウンだった。団地と戸建て、学校や公園や病院が計画的な比率で配置され、商業施設は駅のまわりだけに集約されて、それ以外はコンビニも厳禁。自動販売機すら置かれることはない。

このあたりの町の名前は、佐竹台、高野台、津雲台、竹見台、桃山台、古江台、藤白台、青山台。どれもこれも、平和な響きだ。知り合いはみんな、そのうちのどれかで暮らしている。それが普通だと思ってた。日本中、どこでもそうして暮らしている、と。

でも違った。小学校高学年の頃、阪急電車を南に下って南方《みなみかた》まで行ったとき、そのガチャガチャとした街の空気や、風俗店のネオン、古いお店、酔っ払ったスーツの大人たちと化粧をしたお姉さんたちの群れに、ひどく心がざわめいた。空気は汚いし、長居したくはないけれど、街がドクドクと生きていて、なんだか、こわい。こわいけど、すごい。

「うちの地元は綺麗すぎるんや。あんなんつくりモンや」

高校に進学したときは、淀川より南、大阪市内から通ってくる子たちの酸いも甘いも知り尽くしたような顔つきにも、驚いた。少し近づきがたく、それでいて羨ましかった。ドクドクと生きてる街で育った子たちは、おなじ15歳とは思えないほど、「ほんまもんの大阪」らしい空気をしょっていた。

うちの近所は、ちっとも大阪じゃない。テレビで「これぞ大阪」と紹介されるような、古い商店街も、賑やかなヒョウ柄のおばちゃんも、常連さんが呑んだくれる古い居酒屋も、千里ニュータウンには見当たらない。だから、大阪の子だと言われるのが嫌だった。

「大阪やけど、大阪ちゃうねん、千里ニュータウンやねん」

「なんもないねん。イオンくらいしかない、遊ぶとこは。あと最近、スタバができたけど」

公園よりもコンビニが欲しい。最新のプリクラ機種も欲しいし、小さなものがたくさん売ってる雑貨屋さんも欲しい。古い商店街をわがもの顔で歩いてみたいし、食べ歩きとかもしてみたい。古着屋さんで服を買って、エントツのある銭湯の常連になって、コインランドリーを使ってみたい。

　こうした感情を持った若者の多くは進学や就職を機に18歳で上京……というルートを辿るのかもしれないけれど、大阪という土地柄もあって、電車通学圏内にはありがたいほどの大学があるのだ。なんなら、自転車通学圏内にも、魅力的な大学はいくつかあった。けれども、退屈なこの町にはもううんざりしていたのだ。そこで京都や神戸など、歴史ある街に聳《そび》え立つ大学の資料を見ては、その校舎に通う自分を想像して気持ちを鼓舞し、さして頑張ってこなかった勉強にも根を詰めた。

　けれども困ったことに、そうした志望校の模試やオープンキャンパスに行くと、同じ高校の見知った顔ばかりと出会うのだ。つまり2時間程度離れた大学に行ったとて、これまでの高校生活と大差ない日常が待ち受けているだけなのかもしれない。

　そうして行く先を憂いていた高校3年の12月。美術の時間のことだった。私には到底敵《かな》わないほどの絵の才能を持った物静かな男の子——迫鉄平《さこてっぺい》君というのだが、迫君が美大を受けるのだという話をしている。耳をすませて彼らのお喋りを盗み聴いていると、話しぶりも、会話の内容も、なんとも魅力的なのである。

　この高校に、ここまで面白い人間がいたことにどうしてもっと早く気づかなかったのか……！　と衝撃を受けながらも、目の前の天才と仲間になるにはどうすればいいのかと考えた。残念ながら、私は彼と張り合えるほどの絵の才能を持ち合わせていない。けれども彼の才能が素晴らしいということだけは心底理解できたし、そうした天才を世界に伝える役割を担えないだろうかと思案しはじめた。すると若い美術の先生がこう言ってきたのだ。

「塩谷さん、画家になりたい人だけが、美大に行くわけやないんよ。デザインや工芸の道もあるし、芸術学を専攻して、学芸員や編集者になる人もいるんやで」

それだ！　と眼の前の道がとたんに明るく光り、私は京都市立芸術大学を志望校にした。周囲からは「なーんの受験対策もしてへんねんから、今年は記念受験やね」と諦めモードで送り出されていたのだが、入念に準備していたセンター試験でそれなりに点数を取れたお陰か、おそらく合格最低点で滑り込むことができた。

オープンキャンパスすら行かずに勢いだけで入学してしまったその大学は当時、京都・亀岡市の近く、国道9号線沿いにあった。阪急電車の京都線、桂駅から30分に1本だけ出るバスを頼りに、自転車と電車とバスを乗り継いで、2時間かけて大学へ通った。

正直、憧れるような刺激的な立地ではなかったけれど、日本最古の芸術大学には、いろんな場所からいろんな子が集まってきていた。

鳥取や岡山、富山や広島、北海道に青森……遠くてよく知らなかった場所に住んでいた子たちと友達になった。まるで日本全国から出店が集まる産直市みたいに、みんなそれぞれが自己紹介にあわせて、先月まで住んでいた故郷の話をした。

「雪？　そりゃあ冬はもうずっと雪掻きだよ！　体育はスキーばっかだしね」

「あのへんは海しかないねか。なぁんでも魚は美味しいが！　こっちでは絶対、刺身なんか食べられんちゃ」

心から望んでいた個性豊かな環境であるというのに、私はなんだか馴染めずにいた。

「なんや、小綺麗なカッコしてるなぁ。一般大学の学生みたいや」

大学の中ではよく「小綺麗」と言われた。芸大におけるそれはちっとも褒め言葉ではなく、「あなたは深みがないですよ」と小馬鹿にされているような雰囲気すらある。

表現者になるための大学。京都の市街地とも隔離されたような国道沿いのボロい校舎に、充満する濁った空気。森村泰昌、やなぎみわ、ダムタイプ、キュピキュピ、パラモデル、ヤノベケンジ……大学の大先輩たちの作品を観るたびにガツンと気持ちをエグられた。小綺麗なんかじゃない。衛生的でも、平和でもない。もっとエグくて、もっと「ホンモノ」で、もっと……。

ここでは、みんなが自分の歴史を語る。どんな場所で育ったか、どんな空気を吸ったかは、そのままアイデンティティになる。それが「普通」とかけ離れているほどに、存在の説得力は増していくように感じられた。

みんなの話に出てくるような、とんでもない苦労話とか、豪雪とか、大自然とか、家柄とか……私の生まれ育った場所では、そんなセンセーショナルな物語は起こりようがなかった。一切の刺激はない。あるのは平和な暮らしだけ。それも、意図的に汚いものを切り落とした、偽善の平和だけ。そんな実験都市で育った自分は、奥行きのない「小綺麗でペラッペラの、つまらん人間」やと思った。

そんな自分が嫌で、大学時代は何かに取り憑かれたみたいに、毎月最安値の夜行バスを狙って東京に行っては、表参道やら渋谷やら原宿やらをめぐりまくった。けれどもアパレルショップに囲まれた青山学院大学の前を通るときも、文化施設に囲まれた東京藝術大学の前を通るときも、そこを拠点とする同世代を前に、大きなスーツケースを転がす垢抜けない自分は浮いていた。

――それから10年。

23年間住んだ地元をはじめて離れ、念願の東京で6年間過ごした。豪徳寺の古い商店街で買い食いもしたし、新宿の高層ビルで夜景を眺めながらカクテルもたしなんだ。三軒茶屋では立ち飲み居酒屋にも行ったし、恵比寿横丁で飲みつぶれてタクシーに押し込まれる夜や、馴染みの銭湯で疲れを癒やす夜も経験した。朝になるまで会社で働き、ネットカフェでシャワーを浴びたりもした。

望み通り私はそこで酸いも甘いも吸い尽くし、少々疲れた。仕事のステータスは目まぐるしく変わり、持て囃されたり、利用されたり、望んでもいない方向へ人生が進んでいきそうで、またしても嫌になっていた。

「どこか遠いところへ行きたい」

次の街へ。できるだけ遠いところへ――。


「はぁ!?」

「ニュ、ニューヨーク……」

「塩谷、どこ引っ越すん?」

10年ぶりに友人の結婚式で会った高校時代の友人から、ニューヨークに住むということをさんざんネタにされた。いやたしかに、似合わなすぎて自分でも恥ずかしくなる。東京の次はニューヨーク、なんてわかりやすいミーハーっぷりだ。

でも「ニューヨーカー」に見える人のほとんどは、アメリカの田舎町、もしくは国外からやってきた野心家ばかりだ。ここでもまた、京都芸大に進学したときと同じように、多種多様なバックグラウンドを持った友人と出会うことになる。

シリア出身でテレビ局勤務の友人は自国の治安についてInstagramにポストしていて、台湾出身でパーソンズ美術大学に留学中の友人は「小さな国を出て、私はこの大都会で成功してみせる!」と息巻いている。インド出身のメディアアーティストの友人は、いかに自分の育った環境がここと違うかを教えてくれた。みんな故郷があり、その空気をまとっている。そして私は、自らの故郷を思い出すのだ。

均質で、平和で、臭いものから遠ざけられた、千里ニュータウン。

無菌室育ちの自分。あれは実は、きっとすごく日本らしい育ち方だったんだろう。引っ越し直後、土足で内見された足跡のある床を神経質に拭きながら、「まさに私って、Made in Japan だな」と笑ってしまった。可笑《おか》しいかもしれないが、平凡な日本車をみると仲間に見えてふふふと笑ってしまう。

いま住んでいるのは、ブルックリンのウィリアムズバーグというエリアにある高層住宅だ。イーストリバーを挟んだ対岸にはマンハッタンのビル群が見える。

ウィリアムズバーグは長年倉庫街だったため、ブルックリンの中では開発が遅れていた地域だ。ただここ数年で大規模な開発が進み、大都会マンハッタンとは違う、ゆったりとした、あたらしい暮らしを求める人が急速に移り住んできている。

ニューヨークの中でいえば治安はずいぶんと良くて、リラックスした格好で犬の散歩をする姿や、イーストリバー沿いの公園で子どもたちと遊ぶシッターさんたちの姿が見える。

工事現場の囲いには「あなたはまだ、本当のウィリアムズバーグを知らない」だなんてサインが描かれていて、囲いの中では高層住宅がいまもまさに建設されている。もっとたくさんの、あたらしい住人を受け入れるために。

私の祖父母は、和歌山の田舎から野心を持って、大阪に引っ越してきた。そこで選んだのが、あたらしい町、千里ニュータウンだ。私と夫も、ニューヨークにある数多の物件の中で「あたらしい街」を選んだ。地元とは似ても似つかない風景になんだか親近感を覚えるのは、故郷のなりたちに少し似ているからかもしれない。

——みんなが祖国のことを語るのと同じように、私はこう自己紹介する。

私の地元は、日本の高度経済成長にあわせて生まれた、大阪都心部のベッドタウンです。そこでは町が美しく整備され、商業的な営みは限られたエリアでしか許されません。たくさんの公園があり、子どもたちは親の目を離れて、日が暮れるまで町を走り回って遊んでいます。大人たちは都市部で働き、30分電車に揺られながら、家に帰ります。とても日本らしい、合理的で、計算された、穏やかな平和を愛する場所なんです。それが私の故郷であり、アイデンティティです。すごくユニークで、面白いでしょう？

先に答えを知ると、本質に辿り着きにくくなる

「このお茶、何度で淹れて、何分蒸らせばいいですか？」

――そう聞いていた自分が、ちょっと恥ずかしくなった。正解を簡単に手に入れてしまうことは、その先の曖昧《あいまい》で自由な可能性を、ピシャリと閉ざしてしまうことでもあるからだ。

感じる、

考える、

知る、

考える、

そして文章にしていく。

遠い国へ旅をしたときにも、美術館や博物館を訪れるときも、できるだけ、この順番を大切にしようと思っていた。

というのも、最初から頭に情報を与えてしまうと、なにを見ても「情報との答え合わ

せ」になってしまって、自由気ままに空想する……という楽しい時間が失われてしまう。だからまずはこの目で見たり、耳で聴いたり、肌で感じたりした上で、好き勝手にあれこれ空想し、脳内に物語をこしらえていきたいものだ。それが間違っていても、誰にも迷惑なんてかけないんだし。

そうして心ゆくまで勘違いしたのちに、解説文を読んだり、関連書籍に手を出したりするのだけれど。でもすでに、自分の脳内に勝手な物語をこしらえているもんだから、そこに書かれている「正解」は、共感と裏切りの連続だ。合っていても間違っていても、知れば知るほどに感極まる。

そして今度は、正解にイチャモンを付けたりしてみる。「ふぅん、私ならこうするんやけどな」とか、「いまの時代やったらこれはアカンやろ」とか……どれほどの偉人相手でも、脳内で議論するのは自由なもんだ。

外からの刺激を受けたあとは、バスで、飛行機で、ホテルのベッドの上で、そんなことばかりしてずっと一人遊びをしている。そうしたひとときの議事録は、いつかちゃんとした文章にしようと、スマホのメモに書き留めておく。

そこまでは楽しいばかりだが、机に向かって、いざ文章をちゃんと書くとなれば、とてもしんどい。しんどいのだけれども、やるしかない（仕事だし！）。頭の中にあるのは曇りガラスの向こう側にあるぼんやりとした風景のようなものだけれど、それを言葉にしていく作業は、黒い輪郭線を引いていくような感覚で、上手くいけば最高に気持ちがいい。自分がもやもやと何を考えていたのかも、そこでようやく理解できたりする。そうしてこねくり回したのち、完成した文章をインターネットに放つのだ。この瞬間には勇気が必要だけど、自分の心の内側を誰かに覗かれる瞬間はやっぱりたまらない。
――と、いつもそんな感じで、ひとり騒がしく文章を書いている。

2019年の年の瀬。私は友人に連れられて、岐阜県東白川村にある茶畑を訪ねていた。

茶摘みの季節ではない、冬の茶畑を前に、しーんとした山の中で、つめたい空気を吸っていると、気持ちがしゃんとしてくる。ここいらの茶畑を家族代々育てているのは、茶師の田口雅士さん。彼はなんだか、茶葉と小さな声で対話してきたヒソヒソ話を、こちら側に翻訳してくれるような、お茶と共に歩む人だった。

そんな彼が、こんなことを言ってきたのだ。

「よく、何度で何分、お茶を淹れればいいですか？　と聞かれるけれど、年齢によっても、身体の調子によっても、それはまるで違ってくるんですよ」

それを聞いた私は、少しギクリとしてしまった。だって私も、お茶を淹れるとなれば、まずは正解を検索して、そこに出てきた数字通りにやってしまう。ただ田口さん曰く、手っ取り早く答えに辿り着いてしまうと、そこから先に進みにくくなってしまうからすごくもったいないですよ、ということらしい。

まったく同じ品種のお茶であっても、その年の気候によっては表情が変わってくる。パックに詰められ、お店に並んでいるとついつい忘れてしまうが、茶畑の真ん中で、茶葉たちと同じ土を踏んでいると、相手が自然の産物だということを思い出す。そして、いただく側の人間も、まったく同じ状態の日はない。機嫌の良い日、悪い日、寝不足の日、生理の日、全身が疲れ切った日、寒くてちぢこまってしまう日……。

「お茶に向き合っていることは、自分に向き合っているようなものなんです」

田口さんは、お茶を媒介として自分をよく知っているようだ。それを聞いて、あぁ、文章ととても近しいなぁと感じた。ただ、文章の場合は自分の頭であれやこれやと悩むプロセスこそを楽しんでいたというのに、分野が違えば正解を教えてもらえるものだと思い込んでいた。けれどもお茶にも、正解がないから面白いんじゃないか。

もちろん、先人たちが積み重ねてきた知見は、たくさんのことを教えてくれる。多くの人々が悩んで悩んだ末に、こんにちの文化や宗教や経済ができて、そこに現代人の私たちは立っているのだから。過去の歩みを知ることは、いまの解像度を上げることでもある。けれども最後の1ミリを握っているのは、やっぱり自分。そこを教科書どおりに受け入れてしまえば、途端に感受性がしゅんと萎《しぼ》んでしまう。

お茶も、文章も、きっとその他いろんなことも、自分の調子を知るための鏡になる。私は気持ちがイライラしてくると、決まって文章を書くのだが、言葉にしているうちにイライラの居所がわかってくるので、「なんや、そういうことかぁ」とスッキリしてしまうのだ。書くことは、自分で自分を癒やしてあげる、まるでセラピーのような行為なのである。

対してお茶は、心身のトリートメントのようなものだろう。自分の身体の調子を聞いてから、飲みたいものを、飲みたいときに、飲みたい温度で淹れてやる。ちなみにいまはこの原稿を書きながら、頭をスッキリと冴えさせるために、水出しの煎茶を飲んでいる。夜寝る前には、茶葉を焙じてからお湯を注ぎ、そこにオーツミルク少々と砂糖をひとさじ加え、温まってから眠りたい。お茶はあまりにも奥深すぎてまだまだ知らないことだらけだが、身体の調子を窺《うかが》いつつ、少しずついろんなお茶の顔を楽しんでいきたいものだ。

感じて、試して、試行錯誤して。

毎日ころころと変わる、つかみどころのない自分の状態を確かめていく行為は、正解もないし、終わりもないし。お茶を飲みつつ文章を書いて、自分の内側を確認してやるといった〝ご自愛〟を、おばあちゃんになるまで続けてみたい。

競争社会で闘わない――私のルールで生きる

大学を5年かけて卒業した私はいよいよ夢にまで見た上京を果たし、新入社員として原宿のオフィスで働くことになった。入社したのは、カルチャーメディアも運営する小さなITベンチャー。新卒を一切募集していなかったにもかかわらず、オフィスに押しかけ、全力投球のアプローチの末に内定を獲得した。

まずは安定した大企業にすべきだという家族の声はそっとミュートして、23年お世話になった退屈な千里ニュータウンをようやく脱出。憧れの東京で、大好きなインターネットの世界で仕事ができることを、はちきれるほど楽しみにしていたのだ。入社してすぐに支給されたMacBookはあまりにも愛おしく、毎晩寝る直前まで愛《め》でていた。

ちなみにこのフレッシャーズ物語は、ショッキングな広告業界の過労死が報じられ、働き方改革が掲げられるよりも少しだけ昔のお話だ。若い会社ゆえに就業規則もあってないようなものだったので、23歳の私は嬉々として土日祝日もオフィスに通い、仕事を与えてもらえるとしっぽを振って喜んだ。先輩のほとんどが男性社員だったが、最年少で未経験、そして体力も乏しい私は、どう見積もっても彼らの足手まといになる。けれども毎日ハイヒールを履けば、足の形すら変わってくるものだ。背伸びして、迷惑をかけないように頑張りつつも、毎日小さな、そして時たま大きなミスをやらかしては先輩たちに謝りながら、それでも背伸びを続けて働いた。

しかし高いヒールを履きすぎた足は、ときに疲労骨折してしまう。昨日まではなんとか頑張れていたのに、ある朝起きたら、身体が鉛のように重い。寝不足か？　ストレスか？　栄養不足？　生理痛？

どれもが当てはまっているけど、とにかく全てがぐちゃぐちゃに混ざって、身体が言うことを聞いてくれない。スマホを見れば、時刻は9時45分。あと15分以内に何かしらの連絡を入れなきゃ、無断欠勤になってしまう。とりいそぎ遅刻を詫びる連絡をするべきなのだが、なんて言うべきなのかわからない。「身体がぴくりとも動かないので、今日は仕事を忘れて寝ていたいです！」と正直に言えばいいのだろうか？　脂汗ばかりが吹き出てくる中、会社の番号から着信が鳴り、慌てて着信を切ってしまった。それでも数分後にはまたかかってきたので、観念して電話に出たところ、総務のお姉さんの声がした。姉のように慕っていた彼女であれば……といまの状態を説明したところ、彼女は「すぐに病院に行こう」と言って、予約を取り付けてくれたのだ。

「適応障害ですね」

予約をしてもらった心療内科で、そう伝えられた。診断書を上司に見せると、私よりもショックを受けていて、仕事を振りすぎていたと謝られた。いやいや、これは私のキャパシティの問題ですからと、私はかぶせて謝った。東京での忙しない一人暮らしの中、ついつい食べることを忘れてしまい、身体は不健康に痩せていた。ひとまず1週間、実家に帰って療養なさいと言われるがままに、新大阪行きのチケットを買い、品川駅から西に向かう。24歳、会社員2年目の初夏だった。

久々に会った親には「はやめの夏休み」だなんて嘘をつき、MacBookは電源を落として目の届かない場所に封印し、部屋に籠もった。どこにも行かず、ほとんどの時間を布団の上で過ごし天井の模様ばかりをぼんやりと見ていた。そうして堕落する自分を顧みて、「こんなにアカンくなったら、もう二度と東京には戻られへんかもしれへんな……」と不安に襲われてきたので、その気持ちを掻き消すために、大量の漫画を読み続けた。

約束の1週間が経つ頃には、そろそろ実家の居心地も悪くなりはじめていた。帰る先は東京しかない訳で、憂鬱な気持ちのまま新幹線に乗った。さて、どんな顔をして出社すれば良いのだろう？　自分の抱えていた大量の仕事を、先輩にほうり投げたのだから、合わせる顔がない。申し訳なかった。本当に申し訳なかった。一番迷惑をかけてしまった先輩が出社してきたので私が謝罪すると、彼は文句の一つも言わず、「大丈夫っす」

と会釈して一言。大丈夫じゃなかったかもしれないけど。

本当に申し訳ありませんでしたと頭を下げながら、自分が正真正銘の足手まといであると、認めざるを得なかった。オフィスワーカーが、こんなにも体力勝負だなんて知らなかった。子どもの頃からしょっちゅう身体を壊していた私は、弱くても存在を認めてくれるインターネットの世界が大好きになったのに、速さこそが価値であるインターネット「業界」には向いていない。労働可能時間でその人の価値が決まるのであれば、頑健な男性には勝てっこないのだ。

ある著名な男性IT起業家がテレビの密着ドキュメンタリーで、自らの苦労話をしていた。若い頃は毎朝、マンションの外にある壁に寄りかかり、30秒だけ寝ていたという。その壁を見ればいまでも奮い立たされると美談のように語っていたけれど、そう語る姿を見て血の気が引いた。だって私も、同じように壁にもたれて睡眠時間を確保していた。けれども、私にとってそれは乗り越えられた美談じゃなくて、心身を壊し、他人に大迷惑をかけるまでの布石でしかない。

その起業家の努力はもちろん尊敬に値する。けれども、私は同じルールの中では働けない。すぐ身体を壊し、実家に戻され、また他人様にご迷惑をおかけするのが関の山だ。

「女性役員を3割まで増やそう」

そうした目標が、日本の中でも少しずつ増えている。ガラスの天井が破られることは素晴らしい。けれども、「体力の限り働き続ける」が必勝法とされているルールのままでは、身を粉にして働く立場にどれほどの女性が耐えられるのだろう。耐えられる女性もいるだろうけど、少なくとも私は耐えられない。

会社役員にならずとも、社会に出れば否応なしに、強い男性たちが中心となってつくってきたルールの中で生きることになる。ベンチャービジネスはスポーツだ、と言われるように、体力がなければやっていけない。もういっそのこと、募集要項に「パワーポイント、フォトショップなどのスキル」に並べて「健康な肉体、生理のない身体、徹夜続きでも折れない屈強な精神」と書いておいてくれよと、悔し涙を流していた。

さらに駐在員として海外に派遣されるとなれば、「衣食住を支えてくれる人」が必須になり、良い奥さんをもらおう、だなんて話になる。じゃあ女性の場合、良い旦那さんをもらえばいいのか。稀に「駐夫《ちゅうおっと》」という立場を選ぶ男性もいるようだけど、現状はあまりにも少数派だ。外で闘う戦士としての男性、家を守る女性。しかも駐在に帯同した妻の多くは、サポートに徹するだけの生活費を与えられる代償として、在宅ワークすら禁止されることが多い。法的には働けるのに、夫の会社の規定で働くことを禁じられるのだ。遠い国で夫のサポートに尽力し、「本当は私も働きたかった」と漏らす女性の声は何度も聞いた。

男性がつくってきたルールの中で、女性がバリューを出すには、労働環境だけではなく、家庭環境も、子育て支援も、男性トイレのおむつ交換台の設置も含めて、社会のインフラを変えていかなきゃいけない。そうした仕組みの改善をしないまま、女性のポストだけを増やすのは、あまりにもいびつなことだ。もし、そうした不均衡な仕組みの上で女性が力を発揮できなかったとしても、「私が迷惑をかけた」だなんて絶対に思っちゃいけない。だって個人でどうにかできる範疇《はんちゅう》をゆうに超えているのだから。

そんな社会的課題が積み上がっている一方で、ここ数年の私は大きな社会を離れて小さな島に移り住み、私の働きやすいルールをせっせとこしらえている。たとえば、こんな感じだ。

・数値的な目標達成よりも、「良好な精神状態」を一番大切にすること。
・規模の拡大よりも、価値の向上に重きを置くこと。
・世の中の出来事すべてをキャッチアップするのではなく、自分の感性に従うこと。

……こうしたマイナールールに則《のっと》って働いた結果、圧倒的に自由な時間が増えた。自由な時間が増えると、心に余裕ができてくる。心に余裕ができると、それだけ良い文章が書けるようになる。結果、忙殺されていた頃と比べると、眠る時間は倍ほどになった。

既存の競争社会では劣等生だった私が、マイナールールの上であれば、それなりに上手くやれている。

女性学を生んだのはフェミニズムという女性運動ですが、フェミニズムはけっして女も男のようにふるまいたいとか、弱者が強者になりたいという思想ではありません。フェミニズムは弱者が弱者のままで尊重されることを求める思想です。

（平成31年度東京大学学部入学式祝辞）

大きな話題を巻き起こした上野千鶴子さんの祝辞に触れて、私は救われる思いだった。男性社会のルールの中で上手く立ち回れないことで、自分を卑下し、「私は能力が低い」という呪いをかけ続けてしまったのだが、それはある種、構造的な問題でもあったのだ。女性の意見を聴かずに出来上がってしまった仕組みの中で、自分が上手く能力を発揮できなかったとしても、それは自分を否定していい理由にはならないだろう。既存の社会の仕組みのほうに、アップデートする余地があるのだから。

私はもう、背伸びをし、強者のふりして働くのはやめた。自分の弱さを、ちゃんと許容した上で働くことに決めたのだ。弱くても強く生きられる。社会で生きるための「必勝法」にも、もっと多様性があればいい。

ミニマルに働くということ

30歳になったばかりのある日、実家近くの病院で点滴に繋がれていた。本来はその日、ピシリと熊本で講演会をしているはずだったのに、私は顔面蒼白のパジャマ姿で「お詫びとお知らせ」を書いているという体たらく。子宮内膜症をこじらせてしまい、あまりの腹痛に動けなくなったのだ。

3年ほど前からフリーランスとして働きはじめ、仕事の指名がもらえると自分の存在が肯定されているように感じてしまい、「やりたいです！」と何でもかんでも引き受けていた。そしてやるからには、期待を超えたくなってしまう。子どももいない自営業者、限界を超えて働いたとしても犠牲になるのは自分くらいなもので、守るものは何もないのだし、と思っていた。

そうして働くほどに社会的責任も増してきて、期待の量もそれなりに増える。どんどん応える。すると、自分が自発的に働いているのか、回し車の中でただただハムスターのように回転しているのかわからなくなってくるのだが、スピードの速い回転にあわせて走っていれば、悩む暇すらなく仕事は捗《はかど》る。案外速く走れるじゃないかと自己効力感に包まれていた最中に、立ち上がれないほどの腹の痛みで病院に運ばれたのだった。

幸い大阪の実家にいたので薬剤師の母がすぐに病院まで運んでくれたが、即入院だと言われてショックを受けた。「明日には退院したいのですが……九州に出張に行かなきゃなので……」と訴えながら担架で運ばれるワーカホリックな患者の要望はもちろん却下され、3日後に予定していた熊本での講演会は中止となった。もう既に運営チームの準備は完了していただろうに。集客もして、熊本まで行く準備をしてくれた人もいたかもしれないのに。

とてもあたりまえの話だが、自分が倒れると、関係者みんなに影響が及ぶのだ。会社員の頃にも痛いほど学んだはずなのに私は、またやらかしてしまった。期待を超えるどころか、最低限の責任も果たせちゃいない。あぁ不甲斐ない……とスマホでいくつか連絡を返したりしている間に、隣では看護師さんたちが無駄のない動きで、テキパキと点滴を差し替えてくれる。そんな所作に見惚れてしまったのだ。思考は環境によって変化するけれど、病院の大部屋という環境も、新しいものの見方を運んできてくれたのだった。

それまでホテル以外のベッドで宿泊する機会もあまりなかったが、病院で過ごす時間は想像以上に快適で驚いた。老若男女を問わず気さくに話題をふりまきながら、大部屋の中で効率良く仕事をこなす看護師さんたちの姿を見ていると、とてもミニマルで美しい仕事だと、胸を打たれてしまったのだ。

2019年にNetflixのドキュメンタリーを通して「KonMari」がアメリカ全土を席巻する少し前までは、ミニマリストこそが新時代の象徴である、というような空気があった。2010年、ジョシュア・フィールズ・ミルバーンとライアン・ニコデマスの二人組が「ザ・ミニマリスツ」というユニットを組んで活動をはじめ、アメリカツアーをしながら書籍のプロモーションを各地で行って徐々にその概念を認知させていき、大量生産・大量消費を前提としたアメリカ社会に大きな衝撃を与えたのだ。

ミニマリスト……というと、小さな賃貸マンションの部屋にマットレスと掛け布団、そしてスマホの充電ケーブルと歯ブラシだけを持つような、簡素で味気ないライフスタイルを想像するかもしれないが、その解釈は思っているよりも自由である。

辰巳渚さんの『ミニマリストという生き方』という本では、あの小島よしおさんがミニマリストとして取材を受けている。本人はミニマリストの自覚はなかったらしいが、なんでも彼は、トレーニングマシーンを家に置き、外国人とルームシェアをして暮らしているらしい。こうすることで、ジムに通う時間や、語学学校に通う時間をカットできるからだ。目的のために最適な環境を確保して、ミニマルに、効率的に生きているのだ。そうした話を読んでいくにつれ、「ミニマルに働く」という言葉が、ふわりと脳内に浮かんできた。そう自覚した瞬間、気持ちが楽になったのだ。入院5日目のことだった。

ミニマリストたちは必要／不必要の取捨選択を繰り返し、本当に必要なものだけを手元に残していく。その後に世界を席巻する「こんまりメソッド」の場合は「ときめき」という心の高揚が軸となり、よりハートフルな選択を提案している。

こうした取捨選択は、その対象が自分の所有物であれば難易度はさほど高くない。思い出や執着心はあれど、トイ・ストーリーの玩具たちのように捨てられないよう動き出すこともないからだ。

むずかしいのは、物言わぬモノのほうではなく、それぞれの損得勘定を内包している人間関係のほうだ。こちら側がお別れしようと決意したとて、目の前に「お願いします！　困ってるんです！　手を貸してください！」と頼ってくる人がいれば、奉仕の心や協調性が前に出てきてしまう。しかもそのこと自体は、ちっとも悪いことではないのだ。

ただ、それが行きすぎると我が身を滅ぼしてしまう。そこで私は、ある女性カウンセラーから教えてもらった方法を試みた。自分という小さな「組織」のやっていることを全部紙に書き、分解して、それぞれの担当部署に分けてみるのだ。

私の心の中ではいつも同時に、「仕事をしたい！」「期待に応えたい！」「休みたい！」「もっと自由になりたい！」「いい文章を書きたい！」というゴチャゴチャの声が鳴り響いていたのだけれど、それをいっぺんに全部やることはもちろん不可能である。だから「とにかくニーズに応えて仕事をしたい熱血派」のグループと、「ゆっくりと、いい文章を書きたい穏健派」のグループに分かれてもらって、仕事の相談などが入るたび、脳内で互いが意見交換をする場を持つようにしてみたのだ。いつもは声の大きい熱血派の意見ばかりがまかり通って、気づけば私全体がワーカホリックの渦に飲み込まれてしまうのだけれども、会議の場を意識して持てば、穏健派は自らの意見をちゃんと伝えてくれる。

穏健派のみなさんが「良いものを書くには、休んだほうがいいんです。そうしなければ、我々は梃子《てこ》でも動かないですよ」と強めに提案してくるのだから、熱血派も従わざるを得ない。そうしてやっと、これまでイエスマンだった私は「ちゃんと断れる」交渉術を手に入れた。

そしてさらに、仕事をミニマルにしていくため、無駄な書類仕事や、飲み会の数もうんと減らした。いろんな場所に分散していた執筆仕事も、自分のWEBメディアであるmilieuと、noteの定期購読マガジンの2箇所にまとめていった。

そうしたことでまず、ニューヨークからのリモートワークが可能になった。noteの入金フローはとてもシンプルで、請求書も契約書も一切発生しない。入金申請のボタンひとつをクリックすれば、売上から運営マージンが差し引かれ、翌月末に銀行口座に振り込まれる、というなんともシンプルな設計である（収入と呼べるようになるまではかなりの労力を要するので、やってみよう！　と無責任にお勧めすることはできない）。

それまでは記事広告などの単発仕事で生計を立てていたのだけれども、そうすると常にヒットを狙わなきゃいけなくなる。けれどもnoteの仕組みの上では、一発当てねば！というプレッシャーから解放され、本当に書きたいことに集中して取り組むことができるのだ。SNSもやるべき、営業もすべき、成果も上げるべき……と注意力が散漫になっていた頃よりも、ずっと心は落ち着いた。

それでもときどき事務作業が発生する。私は事務作業が大の苦手で、この欠落によりアルバイト先から何度もこっぴどく怒られた苦い思い出がある。アパレル販売員をしていた学生時代、「言われたことは忘れないようにメモしなさい」と言われても、次の日にはメモをしたメモを忘れる。別の日には、メモはあるがペンを忘れる。そしてさらに、メモをなくしてコンビニで毎朝メモばかり買う。奇跡的にペンとメモが揃った日でも、メモをするという行為を忘れる。そして何度も凡ミスを繰り返しては謝罪を繰り返す私にほとほと呆れてしまった上司は、「やる気がないの？　それとも、やる気があるのにできないの?」と尋ねてきた(残念ながらやる気はあるのだが……)。

つまり事務作業は得意な人にお願いするしかないのだけれども、人を雇えるほどの計画性も持ち合わせていない。無計画人間が人を雇うことの恐ろしさを知っているだろうか? すべてのお願いに「なるはや」「いますぐ」「ごめんだけど」の枕詞がついてしまうのだ。しかも依頼は深夜の25時!

そこで悩んだ末に、「40人のアシスタントグループ」をつくった。これは革命的だった。副業OKな会社員を中心に、事務作業が得意です! という人を募ってFacebookグループをつくり、みんなと機密保持契約を締結した。

「明日までにテープ起こしをお願いできる方はいますか?」と投稿すれば、深夜であろうが、早朝であろうが、誰かしらが引き受けてくれる。40人のうち数名は経度の異なる世界に住んでいるので、常に地球のどこかは昼であり、夢の24時間体制が可能になるのだ。

それでも対応できないのが、新規案件の問い合わせだ。そこで新規クライアントが通過しうるすべてのページからリンクを貼って、「お仕事をする前のガイドライン」ページを読んでもらえるように仕掛けた。

そこには私が得意なこと、苦手なこと、これから挑戦したいことなどを詳しく書いている。こうした意思を前面に出してからはお問い合わせのマッチング指数もてきめんに向上し、「ムダ毛脱毛のPRをしませんか？」といった相談はそれなりに減った。

そうしてついに、ほとんどの時間を書く仕事に集中させられた。すると面白いことに、忙しいときにはちっとも姿を見せていなかった表現欲のようなものが、めらめらと出てくるようになったのだ。途端に文章を書くことが楽しくなり、景色がぐんぐん変わっていく。そもそも、もっと成長したいからと自分にたくさんの仕事を与えていたはずなのに、それが自分の足枷《あしかせ》となっていたのかもしれない。

「なんで、みんなみたいに頑張れないんだろう」

緊急入院したあの日——。人生ではじめて講演会のキャンセルをして、自分が頑丈ではないことを悔やんだ。幸い働くことはできるけど、それでも、常に150％で頑張れる身体でもない。夢を語っても「あなたは身体が弱いんだから、無理をしないで！」と言われてしまう。もっと頑丈だったら……と何度も願った。

でも、違うのだ。150％で頑張れるのは「みんな」じゃない。

世の中にはたくさんの不調を抱えながら今日も頑張っている人がいる。本人が不調じゃなくても、地域のしがらみとか、家族の関係性とか、いろんなことが重なって、ほとんどの人が150％の力なんて出せないのだ。じゃあそんな大多数の人は、夢を諦めるしかないのか？　そう問うていくと、答えは絶対にNOである。50％の力で戦うイノベーターがいてもいい。それができる時代なのだから。

ミニマリストとして働くということ。それは別に、寝ていてもお金が稼げますとか、何も持たずに働こうとか、そういう類の話ではない。自分の身体で実現可能、持続可能な仕事の在り方を、いろんな無駄を削ぎ落としながら突き詰めていこう、という提案だ。

たとえば、会議に出席する人数分より2部多くプリントアウトしておく資料も、パスワードだけご丁寧に後送される機密メールも、インターネットからFAXが送れるという摩訶不思議なサービスを開発することも、別になくても困らない。デジタル化に戸惑う人に照準を合わせるのは、表層的には親切に見えるかもしれないが、長い目線で見ればみんなで過去にしがみついているだけだ。もっとシンプルにして、誰でも使える仕組みをちゃんと考えていきたい。そうして無駄を省いた先で、心や身体を大切にできるのであれば、それはとってもヘルシーなことだ。

III 生活と社会

晴れた日に、傘を買った話

ニューヨークに移住する前、三軒茶屋から徒歩10分のところに借りていたマンションの窓枠には、これでもかというほどビニール傘が並んでいて、手の届かない奥にあるものほどしっかり黄ばんでいた。

雨が降っていたらそこからマシなものを1本選ぶけれども、曇りのち雨であればまた1本新規が増える。雨のち晴れであれば、どこかに忘れてきてしまう。つまりは増えて、増えて、減って、増えて……という具合で、結果的には増える。

上京したての頃はお金がなくて、500円のビニール傘を買うのも惜しかった。だから土砂降りであれ、走って凌《しの》いでいた気がするのだけれど。幾ばくかのお金を稼ぐようになり、行く先々にコンビニのある便利な東京暮らしに慣れきったあたりから、ビニール傘は増え続けてしまったのだ。

「コンビニで500円の傘を買うとき、その隣にある1490円くらいの「ちゃんとした」傘にすべきだろうかと、いつだって数秒迷う。ちゃんとした傘を買えば、もうビニール傘を増やす人生は終えられるんじゃなかろうかと。けれども１４９０円の傘だって、心が高揚するほどのものじゃない。

「いつかとびきり美しい傘を買って、それを大切に使い、傘を溜め込まない生活を送るんだ」という自分への期待ばかり膨らませながら、晴れの日になると傘のことなんてさっぱり忘れてしまい、雨の日になるとまた５００円の傘を買う。夫も似たような消費行動をしていたので、二倍の速度でかりそめのビニール傘は増え続けた。

傘だけじゃない。三軒茶屋のマンションには同じ調子で、大量のものが溜め込まれていた。

友人の結婚パーティで一度着たきりの小綺麗なドレス。もらいもののロゴ入りマグカップ。単体では可愛らしいのに、料理とは調和しないカラフルな食器や、数回使って固まってしまったマニキュア、回さなかったフラフープ。仕事で関わったからと買った雑貨、ちっともルーティンに組み込まれなかった美容家電に、無印良品のアクリルケース。

買うときは、どれもこれも、気持ちが高揚していたはずなのに、数回使えばもう心が動かない。傘を溜め込んでいた三軒茶屋のマンションを出て、本格的にアメリカに拠点を移そうとしていた頃なので、海を越えて持っていきたいほどの愛着ある荷物はすでに国際便で送っていた。

そして残った「持っていきたいほど」に至らなかったものの多さに、我ながら呆れてしまったのだ。一体これまで、何にお金を払ってきたんだろう。たった数年で捨ててしまうものを集めるために、身を削って働いてきたんだっけ。

メルカリで手間暇かけて売る時間もないので、Facebookでガレージセールの告知をしたところ、友人知人がぞろぞろと集まってきてくれた。過去一瞬でもときめいたものたちに別れを告げていく。もはや愛着のないものだと思っていながらも、人の手に渡るとわかった瞬間には、玩具をとられたときの子どものような気持ちになる。少しばかりの楽しかった記憶が知らない世界に持ち去られていくようで、東京での楽しかった思い出が消えてしまうような気もして、都合の良い感傷に浸っていた。

あれよあれよという間に、ものは友人たちによって引き取られ、最後は民間の粗大ゴミ業者が来て、引き取り手のつかなかったものを回収しておしまい。こんなに簡単に、ものはゴミに変わるのね……と呆然と考えながら業者さんに数万円を払い、トラックを見送る。本当は世田谷区の粗大ゴミとして出したかったのだが、計画性がないので、引っ越しまでに予約が間に合わなかった。日本を出るフライトは、もう翌日に迫っていた。

遠い土地への引っ越しは、手垢《てあか》のつきすぎた暮らしをリセットするには都合が良い。傘を溜め込むタイプの人間も、新天地では別人格を持ってやり直せるはずだ。やり直そう。これからは、本当に必要なものだけ迎え入れよう。そしてもう、思い出を軽々しく手放したくない。

引っ越し作業を終え、日本の役所に出しておくべき書類仕事に疲れ果て、鼻血を出し、さらにぎっくり腰になった最悪の状態で、私は一人ヨーロッパ行きの飛行機に乗り込んだ。引っ越し先はアメリカだが、夫がヨーロッパで仕事があるので、そこで落ち合い、それから新大陸に向かうのだ。

最初の目的地はロンドンである。はじめて訪れる都市ではあるけれど、数多の物語の舞台になっていることもあり、私の中のロンドン像はすっかり膨れ上がっていた。

「やぁ、何飲みます？」

いかにもやんちゃなロンドンの若者ふたりはそう尋ねてきた。いや違うんです、私たちは傘を買いに来たんですと強めに返した。

出発前、「今回が最後ですねぇ」とか言いながら髪を切りに行った東京のヘアサロンで、美容師さんは気の利いたことにヨーロッパ旅行特集の雑誌を持ってきてくれた。ふうん、とペラペラめくっていると、イギリスの老舗メーカーがつくる美しい傘が載っている。いかにも気品のある、英国らしい傘である。「これぞ生涯大切にすべき傘なんじゃないか」と大それた気持ちになり、ネットで探しに探して、ようやくロンドンにある老舗傘屋の店舗まで辿り着いたのだ。日差しの強い、よく晴れた夏の日のことだった。

やんちゃな若者二人はなんだか期待が外れたような顔をして、「あぁ、傘ならそこにありますよ」と、店の隅に視線をやった。どうみてもパブらしき店の隅に、客の忘れ物と見紛うような形で、何本かの傘が追いやられている。扱いの低さでいえば、三軒茶屋の窓枠に並べられた500円傘たちと大差ない。

まぁ、最近は雑貨を取り扱うカフェもあるし、コーヒーを出す雑貨屋もある。傘屋ながら酒が飲めるというのもアリなのだろう、その割には雑だけど……だなんて思いながらもいくつか傘を広げてみる。バリッと布地が剝がれる音と共に、埃がパラパラと降ってくる。

「二階にも傘がいくつかあるから、見たけりゃ見てもいいよ」と声をかけられたので、ぐるりと曲がった階段を回り二階へと上がる。そこでもやはり、何本かの傘が隅に追いやられている。

「あ、俺はこれがいい」

とびきり細く、真っ黒で、目立たない紳士用の傘を、夫はえらく気に入ったらしい。カラフルな店の内装や、他の鮮やかな傘に埋もれて気づかなかったけれども、確かによく見れば、無駄のないフォルムが美しい。ピカピカの状態で百貨店の棚に並んでいたら、テーラードスーツにも似合いそうな傘である。

バリッと広げてみたところ、紳士淑女がすっぽり収まりそうな巨大傘だ。雨傘に限って言えば、大は小を兼ねる。その傘だけはちょうど、2本揃っていた。

「私もこれがいい」と言うと夫は予想通り「真似しないでよ」と返すのだが、「私もこれが一番気に入っただけ」と主張して、その細くて黒い傘を2本、やんちゃな兄さんのいるレジまで持っていった。

「ごめん、値段、いくら?」と聞かれて、「えぇと、ここに値札があるけど……」と、傘にひっついた古い札を見せる。支払いを無事済ませ、包装紙もシールも貼られない裸の傘を腕にぶらさげて店を出る。晴れた日に傘を買うだなんて、よくよく考えてみると、はじめてなんじゃなかろうか。

振り返れば、お店の看板にはFOXの文字と、それを囲む2匹のキツネが輝いている。間違いない。こうして、我々はFox Umbrellasの傘を手に入れた。これでかりそめのビニール傘を増やす生活ともお別れだわ、と、いかにも質のいい傘をなでまわしながら、上機嫌でホテルへと戻った。

閉じればステッキのように細く、開けば黒い花のように美しい。良い買い物をしたなぁ、とInstagramに投稿する。Fox Umbrellasの公式アカウントもご丁寧にタグ付けしておいた。

すると、すぐに公式アカウントからDMが届いた。

「いい写真ですね。でも、あそこで傘を買ったんですか? あの場所ではずっと営業していないので、その傘が私たちのものであるか、定かではありません」

たちまちキツネにつままれたような気持ちになった。日本の百貨店でも正規品が買える中、わざわざロンドンの店舗に行ったのに、まがいものを摑まされたのかもしれない。いま思えば、店舗があそこにあるという日本語での情報が、2014年のNAVERまとめだけだったのは、どう考えてもおかしかったのだ。

何枚か傘の写真を撮影して、公式アカウントに送ってみたところ、真贋鑑定の結果はすぐに送られてきた。

「あぁ、それは古いものです。よく見つけましたね。古い在庫があったに違いありません。よくやった！」

聞けばあの場所はかつてFox Umbrellasの直営店だったのだけれども、いまはパブになっていて、でもなぜか少しだけ在庫が残っていたらしい。接客してくれたお兄さんたちはパブの店員だから、傘のことはよくわかっていないらしい。なるほど。じゃあ、なぜ傘を売るのか？　と思ったが、我々のような迷子の観光客が年に数回くらいは現れるから、落ち込まないように置いてあるのかもしれないし、もしくは、たんに回収しそびれた在庫があるだけかもしれない。

夫に事の顚末《てんまつ》を話すと「やったじゃん、価値が上がるね。レアものだ」と言ってきた。ものの価値とは何を基準に上がったり下がったりするのか、さっぱりわからないけど、この2本の傘に関していえば「イギリス王室に愛された傘」というわかりやすいキャッチコピーよりもずっと、楽しい思い出が付加されたことは間違いない。

——私はそれからの2年間、ニューヨークと日本を行ったり来たりして暮らしているのだけれども、さすがに毎回この長い傘を飛行機に乗せるのもお荷物なので、日本では小さくて便利な折りたたみ傘を使っている。けれどもそれを開くたび、ニューヨークで留守番させている傘のことを恋しく思う。今年の梅雨のように、雨が続く日々だとなおのこと。

そしてこの2年間を振り返れば、私が買った傘はFox Umbrellasのものと、日本で買った折りたたみ傘の2本だけだった。高級品でもない折りたたみ傘はあまりにも持ち歩きすぎて収納袋が破けてしまったのだけれども、穴を繕っていまも使っている。機能性だけで選んだ傘だったが、そちらも随分と愛着が湧いてきた。

これはただ単純に、晴れた日に、パブで傘を買った話。パブで買った傘があまりにも気に入ったので、私はいたずらにものを溜め込まないタイプの人間になってしまった、というだけの話だ。そろそろやらかしそうだから、大切な2本の傘には忘れ物防止タグでも付けておこう。

五感の拡張こそがラグジュアリー

しばらくの間、故郷の千里ニュータウンに戻っている。今日の大阪府北摂はにわか雨。隣町の病院まで行く必要があったのでタクシーを配車したのだけれど、到着の呼び鈴が鳴ってから私が乗り込むまでのつかの間、運転手さんは黒塗りのクラウンの横に直立して待っていた。傘もささず、脱帽までしているのだから、ロマンスグレーの髪の毛も、綺麗にクリーニングされた背広もすっかり濡れている。70代ぐらいに見えるおじいさんだった。

「雨の中、待たせてしまってすみません……」と謝ると、運転手さんは「いえいえ。では、扉を閉めさせていただきます」と後ろに回り、パタンと後部座席の扉をしめた。モタモタしていた私に、心のうちでは怒ってるかもしれない。少しばつが悪いな……と思いながら、12分間の静かなドライブを経て、病院に到着した。

帰宅してからも、タクシーのおじいさんのことが心に引っかかっていた。寒い日だったので、風邪をひいていないだろうか。このあたりには他に車通りもないのに、どうして外で待つ必要があったのか。気になってタクシー会社のマニュアルを調べてみたら、「配車場所に到着後は、車の外で脱帽のうえ、直立にて待って必ずドアサービスをすること」と書いてある。おじいさんはもう長年、ずっとそれを守り続けてきたんだろう。

それが丁寧な接客だとされているのかもしれない。けれども、たとえ仕事であったとしても、眼の前の人がなにかに我慢しているという状況は、自責の念が湧いてくるものだ。タクシーのような狭い空間なら尚のこと。

こう感じてしまうのも、ニューヨークの気まぐれなドライバーたちに慣れてしまったことが影響しているかもしれない。ライドシェアサービスの運転手たちは、ピカピカに洗車された自慢の車にペットボトルやWi-Fiまで搭載している人もいれば、傷だらけの汚い車を転がしてくる人もいる。Tシャツの人、タンクトップの人、ターバンを巻いた人……服装も人それぞれ。通話しながら運転されるときは少々不安になるけれど、故郷の音楽をかけたり、ヒンドゥー語のラジオを聴いたり、日本についての知識を披露してくれたりと、まぁみんな好きにやっている。ドライバーに不満があればレビューの星を低くつければ良いのだが、逆に客側も評価されているので、「お客様は神様なんだよ！」といった横柄な態度で使う客も少ないらしい。日本のタクシーと比べると、接客の質は劣るのかもしれないが、上下関係が苦手な私の性には合っていた。

２０１８年、Twitterで「礼儀２・０」という言葉が話題になった。「礼儀１・０」は従来の概念で、相手のために自分の時間を犠牲にして尽くすこと。対して新しいほうの「礼儀２・０」は、相手の時間を奪わないようにすること、だそうだ。そうしたことをVRエヴァンジェリストのGOROmanさんがツイートし、かなりの反響を呼んでいた。

その概念でいえば、タクシー会社のマニュアルは礼儀１・０に則ったものなのだろう。頼まれたから待つというのは往々にして、どちらか片方が忍耐をしている状態だ。夕食をつくって待っているのに、相手がいつまでも帰ってこない時間や、いつ来るのかもわからないお客様を外で直立して待つ時間……。そうした忍耐の時間を経て、やっと笑顔で出迎えられたとしても、その笑顔が心からのものであるかはわからない。

何百人もの人が自分の心を押し殺した空間で、その頂点に君臨したとて、それは幸せなことだと私は思わない。世界各地で人権意識が高まる中で、人を力で制圧するリーダーが束ねている組織よりも、仲間と同じ目線に立てるリーダーが率いる組織のほうに、時代は動きはじめている。

同じ空間を共有する相手が、心から笑っているほうがずっといい。相手の心がほぐれていると、自分だってほぐれてくるんだから。精神をすり減らす人が一人でもいる空間は、もはや贅沢ではないのだ。

ちなみに「贅沢」という言葉を辞書で引けば、こうした説明が書かれている。

1　必要な程度をこえて、物事に金銭や物などを使うこと。金銭や物などを惜しまないこと。また、そのさま。「贅沢を尽くす」「贅沢な暮らし」「布地を贅沢に使った服」「たまには贅沢したい」

2　限度や、ふさわしい程度をこえること。また、そのさま。「贅沢を言えばきりがない」「贅沢な望み」

（『デジタル大辞泉』小学館）

こうした辞書の説明は、私の考える「贅沢」の意味とはやや異なる。私が言葉の使い方を間違っているのかもしれないが、時代の側が変わっているようにも思う。

戦時中は「ぜいたくは敵だ！」と言われたほどの言葉だけれども、私の知らないバブル期には「必要な程度をこえて、物事に金銭や物などを使う」という文字通りの消費生活を送る人が大勢いたんだろう。しかし昭和の終わりに生まれた私は幸か不幸か、自分の母国でそんな景色を見たことがない。目の前にあるのは次第に枯れていく憂鬱な平和だ。生まれてこの方ずっと不況で、バブル期の「豪華絢爛なバカ話」を上の世代から聞かされながら、そうしたものに憧れを抱く理由も持たなかった。必要十分なだけの生活用品は揃った上で、あえて裁縫をしたり、七輪で魚を焼いたり……。そうした心の余裕を「贅沢」だと感じている人は多いだろう。

「贅沢1・0」が、必要以上に高価な物を買ったり、身の丈に合わない消費をしたりする「物」の消費なのだとしたら、「贅沢2・0」は、自分の心地よいものや、時間や、関係性をしっかり見つけて、それを大切にする「心」の豊かさなんじゃないだろうか。もちろんそうした豊かさを求めたときにお金がかかることもあるが、お金がかかるから価値があるのではなく、「価値のある営みの中でたまたまお金がかかる部類」のものであるに過ぎない。

こうした価値観の変化は、私の個人的なゆらぎというよりも、世界全体で同時多発的に起こっているように感じる。インターネット産業が大きくなったために大富豪たちの顔ぶれがガラリと変わり、同時に、彼らが好むファッションがフーディーやスニーカーなど、カジュアルなものであることも大きいだろう。けれどもそれ以上に、人間の文化の根源でもある「食」こそが、文化の先頭打者となり、あらゆる国の礼儀や贅沢、そしてラグジュアリーの概念までも塗り替えているように思う。そうしたポスト・ラグジュアリーの香りを強く感じた、コペンハーゲンのとあるレストランの話をしたい。

「少し早いけど、ここで夕食にしようか」と、カフェのような店構えをしたレストランの中を覗くと、ウェイトレスはすぐ私たちに気がつき、笑顔で「ご予約してますか？」

と尋ねてきた。予約はしていないのだけれども、ちょうど席が空いていたようですぐに奥へと案内される。ウェイター、ウェイトレスたちは、腰に黒の短いエプロンを巻き、足元はスニーカーという装いで、テーブルとテーブルのあいだを軽快にくるくる回る。

とても雰囲気の良いお店だね、だなんて夫と喜んでいたのもつかの間。渡されたメニューに並ぶお値段に面食らってしまった。かなり高い。北欧は、物価も税金も高いってことは知っている。ユーロと円の換算だって、何度も確かめたが間違っちゃいない。払えないほどの金額感ではないけれど、想定していた金額ではない。だって、高級レストランですという顔をしていないんだもの。カードの使用可能残高を確認しつつ、おそるおそる注文を決めた。

けれども料理が運ばれてきて、あまりの美しさに面食らった。その宝石のような見た目にまずは驚かされたのだが、スモーキーな香り、新しい味、楽しい食感……でも和風出汁みたいな懐かしさもある。美味しいと楽しいと珍しいとで、頭が興奮してしまう。ウェイトレスによる料理の説明はとても饒舌で、心から楽しんでいる様子が伝わってくる。あらためて周囲を見回せば、ご機嫌な顔の客ばかりだ。ここで働くのは、さぞかし幸せな仕事なんじゃなかろうか。

調べてみればその店は、権威ある賞も受賞しているほどの名店らしい。はやい時間だったから幸運なことにするりと入れたのだけれど、1時間もすれば店内はたちまち予約客で満たされた。ニュー・スカンジナビア料理の名店だからと、観光客も多く見られる。

ニュー・スカンジナビア料理と呼ばれる形式が花開いたのは、2003年のことである。当時25歳の若者がコペンハーゲンにNomaという気鋭のレストランをつくり、それが幾度となく世界一のレストランの座に輝き、曇り空の多い北欧の一都市がたちまち美食の街に変わったというのは有名な話だけれど。同じ街にあるこの店も、そうした潮流から生まれていたのね、なるほどなるほど……と、その創造性を味わいながら納得した。

そもそも、北欧は厳格なプロテスタント信者が多く、美食とは程遠い街だったらしい。というのも、彼らの中では「贅沢な食事」を好むことは浅はかで恥ずかしい行為であったからこそ、北欧の食文化がさほど凝ったものにならなかったんだとか。

それがいまや、世界きっての美食の街だ。食文化がほとんど更地だった土地に、Nomaの天才シェフが道をこしらえた結果、各地の若いシェフたちはその手法や哲学に大きな影響を受けた。料理のジャンルとしては歴史が浅く、しがらみが少ないゆえに自由度も高くなるんだろう。まるで若者だらけの新興IT企業が急成長するような破竹の勢いで、彼らの食文化は世界中に広まった。

でもしがらみはゼロじゃない。ニュー・スカンジナビア料理を代表する彼らは、日本で言う地産地消のようなことを大切にしていて、自然との共存意識がとても高い。そもそも日照時間が少なく、気温が低く、雨の多い地域に住む彼らにとって、自然はどうにもコントロールできない憂鬱の原因だ。だから、足りないものや不自由は受け入れながらも、自然がもたらす宝を人間にも分けてもらおう……という謙虚な姿勢が芽生えるのだろう。一番えらいのはそこにある自然で、人はそこに住まわせてもらっている、食べさせてもらっている、というようなアニミズム的な価値観に包まれていると感じる。

これは日本でいう八百万《やおよろず》の神々や、季節の旬や素材の味を生かした和食に通ずるところがありそうだ。自然に太刀打ちできないという点では日本列島も、スカンジナビア半島に勝るとも劣らない。そして自然を前にすれば、人間社会の上下関係なんてあってないようなものである。

あらためて我々が訪れたデンマークのレストランの客層を思い出せば、カジュアルな服装をした客が大半だった。価格帯としてはまごうことなき高級店だけれども、まとう空気は飾りっ気がなく、テーブルマナーだってさほど要求されない。ウェイトレスたちは友人のように話しかけてくれながらも、その知識量はプロフェッショナルだ。

こうした店が、世界各国に増えている。ただカジュアルでフレンドリーなだけではない、「一流の」飾らない店だ。

自然や人を支配し、権威の側として世界をおさめてきたヨーロッパ主要国のラグジュアリーな文化とは対照的に〝ポスト・ラグジュアリー〟――つまり創造的な若者を中心に生まれた「飾らない文化圏」という勢力が、デンマークや北欧の個性として打ち出され、それが食文化とともに世界中に浸透しているように感じる。それも大都市だけではなく、地方の隅々まで。むしろこうした料理の文脈でいえば自然との距離が近い地方のほうが、より本質的で贅沢な場所でもあるのだろう。

たとえば東京にお店を開くとして、フランスの様式を真似る場合、食材やドリンクや什器《じゅうき》までも、海の向こうから取り寄せて来ることもあるだろう。でもニュー・スカンジナビア様式を取り入れるのであれば、大切なのは地産地消だ。志は同じであっても、できる一皿は地域によってまるで違ってくるのだから面白い。

ところで、私は現在欧米に住んでいるにもかかわらず、残念ながら欧米圏で親しまれてきた食べ物が胃腸に合わない。とくに飲み物の類は顕著なもので、ワインはいつも食道を逆流しようとしてくるし、食後のコーヒーも胃腸を壊しにかかってくる。ウィスキーも、ギネスビールも、硬水も受けつけない。だからいつも、コーヒーに夢中になる人たちや、ワインを嗜《たしな》む人たちを見ては、大人の世界の住人のようで、とても羨ましかった。

けれども、東京の青山にある櫻井焙茶研究所というところで人肌くらいの玉露を少しだけ、口の中に含んだとき——。苦いとも、甘いとも判断のつかない、まだ知らなかった味覚があったのか！　と不思議な感覚に歓喜した。もともと緑茶は好きでよく飲んでいたが、そこから広がる奥深い世界まではあまり知らなかったものだから、ようやく自分の身体に合う飲み物の世界を前にして、たちまち夢中になってしまった。ちなみに玉露はカフェインを多く含むため、人によってはお腹を壊してしまうらしいのだが、何杯か飲んだとて私の胃腸はピンピンしている。どうやら私は自分で認識している以上に、ご先祖が食べたり飲んだりしていたものほど受け入れやすい身体らしい。

お茶をはじめとして、五感が喜ぶものや、肌馴染みが良いものを手繰り寄せていくと、往々にして日本文化と呼ばれるものに辿り着くことが多い。そうして辿り着いたもので身の回りを構成していくと、なんだか土着的な空間ができ上がっていくのだ。

Vernacular（ヴァナキュラー）という、「土着の」あるいは「風土的な」という意味の言葉がある。建築の世界で「ヴァナキュラー建築」といえば、日干しレンガやそこにある石などでつくられた家や、茅葺《かやぶ》き屋根の日本家屋などを指し示す。その土地にある素材で、その気候、その文化に根ざして集合知的な発展を遂げた「建築家なき建築」のことだ。気候風土と向き合った中で、必然的につくられるもの。自然と共に歩むこうした在り方は、建築に限らず、これからもっと価値あるものになっていくだろう。

故郷を遠く離れ、アメリカ大陸に住み着いた上で、なにが土着だと笑われてしまいそうなところではあるけれど。遠い土地に住んでみたからこそ、身体の叫び声がよく聞こえてきたところはある。

島国在住の日本人が海藻をちゃんと消化吸収できるのは、海藻を消化できる菌を歴史的に腸に住まわせてきたから、というのは有名な話だ。つまり、どれだけ遠くに引っ越したとて、小さな小さな「日本」みたいなものは、お腹の中に保っている。気候風土の子どもでもある人間を画一的な枠組みに押し込めば、本来の力が出せずに弱ってしまうのも納得である。

世界規模の大きな消費から、地域ごとの小さな消費に、目指すべき姿は変わっていくのだろう。どの大都市に行ってもまったく同じ巨大ブランドばかりが並ぶ、という景色は多様性のあるものだとは言い難い。それぞれの地域に、それぞれの気候風土に適した文化があらためて発展していくというのは、実に豊かで楽しいことじゃないか。

西洋の権威的な価値観を輸入し、「正しいもの」として取り入れてしまった日本では、それらがすっかり制度やマナーとして染みついてしまった部分も多い。オフィスワーカーや接客業の服装規定はその最たるもので、お盆休みにうだるような湿気の中で汗をかきながらスーツ姿で接客するホテルマンなどを見ていると、本当にいたたまれなくなってくる。スーツはいますぐクローゼットにしまって、麻の半袖シャツに着替えれば快適になることは目に見えているのに！　真っ黒なスーツの下がぐっしょり濡れる不快感は、仕事の幸福度を低下させ、その人が働く空間の居心地までも台無しにしてしまいかねない。

半袖シャツといえばアロハシャツが思い浮かぶけれど、あれはハワイに移住した日本人たちが着物の袖を切ったことがはじまりだと言われている。わざわざ袖を切ってまで着物を着続けた日系人たちの心の中には、海の向こうにある故郷への焦がれる想いがあったのだろう。文化は大切な記憶を守りながら、気候風土に合わせて柔軟に変化してきた。

そうして柔軟に変化してきた生活文化の流れをせき止めて、「マニュアルだから」「価値があるから」といって、目の前の正解をそのまま飲み込んでしまうと、次第に窮屈になってしまう。その窮屈は自分だけではなく、周囲まで集団巻き込み事故を起こしてしまうのだから厄介なのだ。

だからもう、価値のものさしは他者に委ねず、自分の五感に置いていくのはどうだろう。そうしていけば、舌が、肌が、耳が、心が、たくさんの感覚を取り戻していく。自分で「ここからここまで」と決めこんでいた五感がひょいと拡張したならば、「あぁ、自分は生きていて、ちゃんと生き物だったんだ！」と至極あたりまえのことを、猛烈に思い出すに違いない。窮屈に耐え、すっかり閉じてしまった五感をふたたび拡張させてあげることが、これからのラグジュアリーなのだろう。

そして自分が生き物であることを取り戻すのと同じだけ、目の前にいる人が自然の生き物であることも尊重したい。目の前の相手と厳重な上下関係の中に押し込まれているのであれば、上にいたとて、下にいたとて、五感は縮こまってしまう。互いに好きにやりながら、飾らない文化圏を共に広げていきたいものだ。

徒歩0分のリトリート

私たち人間というものは、神様を頼ってみたり、占いに背中を押されてみたり、推しに励まされたりと、まぁ多種多様な相手に対して信仰心を抱かせてもらっている訳だけれども、やっぱりそうした心の居所みたいなもんは、必要だよなぁと思わされる。とくに、目の前の原稿がちっとも進まないときは、何かしらのパワーに頼りたくなってしまうのだ。

たとえばマッチに火をつけて、和蠟燭をひとつ燃やしてやる。先っぽに火を灯《とも》せばすうー…と炎がたちあがり、しばらくするとパチ、パチと芯の燃える小さな音が響いてくる。私が好んで使っているのは滋賀の大與《だいよ》というお店のもので、幽玄な佇まいはなんとも控えめで美しい。

ぼんやり灯《あか》りをながめていると、傑作を書かねばならんとか、あわよくば大金を稼ぎたいだとか、そういう「持っていることが悪い訳じゃあないけれど、書くときには邪魔でしかない欲望くん」たちがあばよあばよと遠くに行ってくれるので、やっと落ち着いて机に向かうことができる気がしているのだ。

次いで香りの力にも頼りたくなったのだが、困ったことに、私は犬のように鼻が利く。アロマの類はかなり強く感じてしまうし、お香を焚くと煙たくって息苦しい。整髪料の香りや、柔軟剤の香りもできる限り遠ざけておきたい。そうした過敏すぎる鼻であっても、安らげる香りはないものか……と、数年にわたって探していたところ、一時帰国時に訪れた、六本木にある「料理屋 橘」のお手洗いでふわりと焙じ茶のこうばしい香りがして、嗅覚が大喜びした。

洗面台を見れば小さな茶香炉が置かれていて、少量の茶葉がじんわり熱されながら香りを広げている。その手があったか、とすぐに道具を入手して、それからは茶香炉を焚くのが日課になった。使う茶葉は緑茶であればなんでもいいらしいのだが、焦げにくい茎茶だと長く楽しめる。もちろん、香りを堪能してすこし焦げた茶葉を、焙じ茶として飲んでもいい。ただそうすると、良い焙じ具合になるまで茶葉を掻き混ぜ面倒を見てやらなきゃいけないので、今度は執筆に集中できない。そこで私はいつも、水出しで飲んだ緑茶の茶葉を天日で乾燥させてから、惜しげのない茶香炉用の茶葉として再利用している。珈琲や紅茶の出がらしなんかでも良いらしい。ゴミがアロマになるなんて、なんと無駄がないのだろう!

私は暮らしの素人である。それはとても気楽なことで、需要を考える必要もないし、成果を上げる義務もない。人間として最低限保つべき「寝て、食って、風呂に入る」という点だけ合格しておけば、あとは好きにやらせてもらいたい。だってこれは、家事というより、健やかに原稿を書くためのオリジナルの祈禱行為でもある訳で……。

そんな素人だからこそ、暮らしの中で譲れないことが一つある。季節の花を活けておくとか、作家モノの器しか許さないとか、そういう洗練されたことではない。「寝起きですっぴん、なんならすっぽんぽんの姿であれ、堂々と馴染む空間づくり」を大前提とすることだ。だってしょせんは家の中。滅多に来ない客人をもてなす時間よりも、自分がボケーッとした顔で過ごす時間のほうがよほど長い。顔も服装もよそいきでないのは当然で、であればそちらに照準を合わせてあげるのが道理ってもんだろう。ホテルの整然とした美しい空間は、少し散らかしただけでアラが目立つし、2日もすれば息が詰まる。そこかしこに手垢がついたくらいがちょうどいいのだ。

ただ、そうした望みを叶えてくれるような（いまどきの）物件はあまりにも少ない。私が三軒茶屋で借りていた賃貸マンションは、天井にはいくつものシーリングライトが燦然と輝き、まっしろな壁紙はレフ板効果を発揮して、部屋はまるでステージのように明るく照らされていた。あまりに明るいもんだから、深夜にのどが渇いて起きたときなんて、眩《まぶ》しくってしょうがない。

そうした明るい部屋がいまは多数派なのだろうけど、部屋の中が明るいと、部屋を飾るモノもそれに応じて明るくなってくるらしい。器を売る仕事をしている友人と話すと、しきりに「マンション暮らしの方にも使っていただけるような……」という言葉が出てきて驚いた。白を基調としたクリーンな空間でも馴染むからと、ざらりとした渋い器よりも、つるりとした明るいトーンの器が受け入れられやすいんだそうだ。

日本画を描いている友人も、それと近しいことを言っていた。最近は床の間のある家も少ないから、マンションの白い壁に飾ってもらっても良いように、掛け軸の色をパステルカラーにしてみているんだとか。

明るい色の器も、パステルカラーの掛け軸も、白シャツに身を包んだ10代女性のような、凛とした美しさがある。白い壁、明るい器、パステルカラーの美術作品。それらが調和した空間は、なんの落ち度もなく完ぺきなのだ。けれども完ぺきだからこそ、そこに発生する汚れはただの「汚れ」として、除去すべきものになってしまいかねない。その空間の主役である人間は、確実に加齢していくというのに。一点の曇りもない空間から徐々に浮いていく自分の姿を、どう受け止めてやればいいのだろう。

私がいま住んでいるのは、ハドソン川のほとりに並ぶ、築22年の3階建てタウンハウスだ。そこまで古い物件でもないが、ここ数年でニューヨークやニュージャージーの市街地に次々と建設された現代的なコンドミニアム群と比べると明らかに古ぼけている。そして、なんとも気が楽なのだ。南向きにぽっかりと開いた窓の恩恵を受け、日中はほとんど自然光だけで過ごし、暗くなってきたら「オーケーGoogle、電気を付けて!」と呪文を唱えて電気を灯す。20年間、住人が入れ替わるたびに塗り重ねられてきたであろうクリーム色の壁は、日本の左官屋さんが見ればその雑な仕事に憤るだろう。けれどもまぁ、そうした空間に身を置けば、自分の染みや皺《しわ》だって味に感じられなくもない。

器えらびの基準は、自分の手でそれを持ったときに、手がみすぼらしく見えないか……というところに重きを置いてみている。そうすると、色や素材や産地がバラバラの器であれ、不思議と食卓の上で調和してくれるものなのだ。一番のお気に入りは木工作家、三谷龍二さんの豆皿（口絵参照）。福岡にある工藝風向で運良く買えたものである。小さくて丸い形であるのになんともビターな仕上がりで、甘納豆なんかを置くだけで様になる。これに東屋の姫フォークを添えてやると、木と真鍮のコントラストに心が小さく弾んでしまう。まるで、素朴な装いにきらりと光るピアスを付けた、美しい人のような佇まいだ。

「すすむ急須」という急須は日常使いにちょうど良くて、その名の通りお茶がすすむのだ。丸餅のようなずっしりとした形のおかげで、茶葉がぶわぁっと広がってくれる。小ぶりな湯呑二人ぶんくらいのお茶を淹れられるので、夫婦で使うにもちょうど良い。

シーツは麻のものが気に入っている。美容に詳しい友人は寝間着も寝具もシルク一択だと主張していたが、お姫様じゃないのだから、庶民の寝具には洗いやすく乾かしやすい麻くらいがちょうどいい。ただ庶民なりの楽しみもあって、掛け布団と身体のあいだにやわらかな綿のガーゼケットを忍ばせておくのだ。そうすれば寒い朝に目を覚ましても、布団の中でほかほかの身体ができ上がっている。私が使っているのはヒオリエというブランドの国産の8重ガーゼケットで、夏はそれ1枚を腹にかけ、冬は布団にはさみ、年から年じゅう愛用している。くしゅっとした風合いもたまらない。

気に入らないのはバスルームだ。アメリカ式でトイレとお風呂が一緒になっているところまでは異文化として受け入れるほかないのだけれども、蛍光灯で隅から隅まで煌々《こうこう》と照らされているのは耐え難い。化粧をするときや眉毛を整えるときはありがたいが、お風呂に入るのはおおよそ就寝前なのだから、あんまり明るいと具合が悪くなる。ほの明るく光る防水ランタンが必要だな……と思いながらも、青光りする空間で浅い湯船に身体を沈め、実験室のカエル気分を味わい、はやくも数ヶ月が経過した。まぁそうやって、あれば良いのにと思ったとしても急《せ》かされず、予算の範囲内で少しずつ揃えていく時間こそ、趣味の醍醐味でもあるだろう。納期に追われた仕事と違って、家の中くらいはのろまな歩みでゆっくりとこしらえたい。

家から一歩外に出れば、あれを買えとか、これが流行っているんだとか、あらゆる思想や情報の押し売りばかりで、自分の中の矢印がたちまち狂ってしまいかねない。メディアも、企業も、SNSも、自分たちの顧客獲得のために必死でこちらを呑み込もうとしてくるのだ。社会の中は、あっちこっちバラバラな方向を指した矢印、矢印、矢印だらけ。だからこそ家の中では、自分を忘れないように、自分の矢印を思い出せる空間にしておきたいのだ。そして空間を、その空間に集めたものを大切にすることは、自分を愛してあげることでもある。

暮らしの素人である私は今日も、大それた理想もなく、自分の存在を肯定するための空間に手を掛けては、嬉しいほうのため息をつく。刺激を求めた旅ではなく、心身の癒やしや回復を求めた旅――リトリートに出る人が増えつつあるここ数年。家の中は、遠くに行かずとも辿り着く、じぶん専用のリトリート空間にしておきたいのである。

BLM、アジア系アメリカ人、私の考えていること

いつだってTwitterは目の前の世界よりも騒がしく、Instagramは現実よりもずっと平和だ。それがソーシャルメディアの平常運転ともいえるだろう。が、2020年5月25日以降、その世界はまるで逆転した。ミネソタ州で、丸腰だった黒人男性のジョージ・フロイドが白人警察官に押さえつけられ、亡くなった事件があった日からだ。

私がInstagramで繋がっているのは主にアメリカの友人だからということもあるけれど、ストーリーを何度右にタップしても、黒、黒、黒……Black Lives Matter（BLM）以外の話は滅多に出てこない。

その中で訴えられてくるものは、目も当てられないほどの悲痛な映像、悲しい被差別者たちの実話、そして寄付先のURL。そうした話題について、友人の中でもいち早く自分ごととして発信していたのは黒人のアンディだったけれども、すぐに白人の友人らも声を上げ、タイムラインは黒一色に染まっていった。少し注釈をすると、私がニューヨークで親しくしているのは、アメリカ社会の中でも比較的おっとりとした、マイペー

スな性格の持ち主が多いと感じているのだが、それでもタイムラインの至るところに、Black lives matter! という叫び声が並んだ。一部の活動家だけの主張、という訳ではまったくないのだ。そして街を歩けば、多くの店が店頭にＢＬＭの三文字を掲げている。しばらくすると、今度は Silence is Violence!! という訴えが流れてくる。人種主義に対して反対の声を上げないこともまた、差別主義者であると言わんばかりの風潮だ。すこし過激にも見えてしまうが、これは黒人だけの問題ではなく、アメリカにおいて誰も彼もが当事者であるのだから、そうした強い言葉が出てくるのは当然の現象ともいえるのだろう。

それをそのまま「沈黙は暴力だ！」と和訳し、日本人もこうした人権問題に目を向けるべきだという声は少なくなかった。たしかに一理あるのだが、もし自分自身の人権を守ることにギリギリであった場合には、太平洋を挟んだ隣国で端を発した人権問題に、耳や心を傾けることはむずかしい。そうした立場にいる人を、視野が狭いだとか、無関心だと糾弾してしまうのは、それもまた自分の特権に無自覚的であるということに他ならない。

私に限った話でいえば、自営業で、物書きで、子育てもしておらず、誰かへの仕送りのために持てる時間のすべてを労働に充てている訳でもない。その上アメリカ社会に片足を踏み入れ、その恩恵を受けている身としても、今回はＢＬＭについて書いていきたい。

Instagramが黒に染まってから数日後、「アジア系アメリカ人が、家族の黒人差別に対して取り組める6つの方法」という記事が回ってきた。

同世代のアジア系アメリカ人と話すとき、彼ら彼女らは、同じような姿かたちをした私に向けて、幼少期の苦い思い出を語ってくれることもある。アジアで多数派として生まれ育った私たちに対して、北米で少数派として生まれ育ったマイノリティとして、辛酸を舐め続けてきた過去の話を。子どもの頃は差別に苦しんだこと、初めてアジア圏に足を踏み入れたときは自分が「目立たない」ことに感動して泣いてしまったこと、親が英語を理解できず学校で恥をかいたことや、都市部を離れるとアジア系の人口が減るため、もっと大変だということ……。

けれども、アジアからの移民である彼ら彼女らの親や祖父母世代は、「勤勉で、働き者である、理想的なマイノリティ」として、新天地での居場所をなんとか確保してきた。理想的なマイノリティ。それはつまり、理想的ではないマイノリティがいるということを暗に意味する。アジア系の家庭の中では、私たちは彼らとは違うから、ということが度々口にされてきたそうだ。その「彼ら」というのは、ほとんどの場合が黒人コミュニティのことである。

多種多様な人種が渦巻く大国において、仕事を選べる立場になかったマイノリティは、「Aは素晴らしい」ではなく「AはBよりも優れている」という比較をしてようやく、立場と仕事を獲得する……というやるせない慣習の上で生きてきた。

1861年から4年間続いた南北戦争の頃まで時代を遡《さかのぼ》れば、当時、ニューヨークの欧州系移民の中でもっとも地位が低いのはアイルランド系だった。

それより前の1845年、アイルランドでのジャガイモ飢饉により、多くのアイリッシュが命からがら大西洋を渡りニューヨークへと移り住んでいたのだが、彼ら彼女らは野蛮で無教養だと罵《ののし》られながら、誰もがやりたがらないような仕事に従事していた。

そんなニューヨークに、南北戦争の影響で突然大勢の南部の黒人たちが雪崩《なだ》れ込んできたので、アイルランド人は彼らに立場を取って代わられてはならないと、黒人への残虐な差別行為を日常的に繰り広げていたという。

若い世代のアジア系アメリカ人に向けて呼びかけられた記事には、こんなことも書かれていた。アジア系アメリカ人の家族の中で脈々と囁《ささや》かれ続けていた「理想的なマイノリティ」（なぜならAはBよりも優れているから）という言葉を継承することなく、いまこそ、まずは親や祖父母と対話すべきときなのではないか、と。我々のような、年長者を敬う文化圏においてそれは簡単なことではないけれど、家庭内で受け継がれてきたレイシズムを根絶するのは自分たちの役割だと。

アジア人の顔を持ってアメリカ社会に片足を突っ込んでいる自分ですら、その「理想的なマイノリティ」像にあやかっていると実感することは多い。入国審査のときも、部屋を借りるときも、相手は私の顔をじっと見て、「まぁ、日本人なら大丈夫か」と言わんばかりに、次に進むためのスタンプを押してくれる。

それは俗にいう「同胞」たちが築き上げてきた財産なのかもしれないが、そこに私個人の能力はほとんど関係していない。やっていることといえば、友好の証として、最大限ニコニコしているくらいだ。

東京では、私は私として評価してもらえた。女性ゆえに用心すべきトラップは数多あれど、「大阪出身だからお断り」だなんてことは恐らく一度たりともなかった。頑張らなければ評価を落とすが、頑張れば認められる。この世は実力社会だとすっかり信じ込んでいたのだ。

けれども「努力が実を結ぶのは自分の実力」という考えそのものが、自分がマジョリティ側だからこその特権でもあったのだ。それを知るだけの想像力は、持ち合わせていなかった。

黒人奴隷ならびにその子孫は、所有者の財産であって合衆国の市民ではない。劣等人種であるかれらは、白人と同等の権利をもつことはできない。

（本田創造『アメリカ黒人の歴史　新版』岩波新書）

これは黒人奴隷ドレッド・スコットが、その所有主であるサンフォードに対して起こした裁判での最終判決時の裁判官の言葉だ。いまとなっては信じられないけれど、１８５７年時点での彼らは家畜や家と同じ「所有物」。だからどれほど理不尽な立場に追いやられても、市民として裁判を起こす権利すら持てなかった。

もっとも、嫌いな奴を虐めてやろう……といった感情的な話ばかりではなく、差別することで安価な労働力を大量に得ることができて、そうすれば儲かる。だからこそ、一部の集団をまとめて、立場を貶《おと》めることは「合理的な」方法だったんだろう。

アフリカから強制的に連れてきた安価な労働力を農地で働かせて利益を得るというのが、悪しき奴隷制度の基本だというのは世界史の教科書で学んだ通りである。これは、アメリカの農業が機械化され、憲法修正第13条で奴隷制度が禁止されているいまはもう、綺麗さっぱりなくなったのか？　といえば、どうもそうではないらしい。

２０１６年に公開された『13th－憲法修正第13条－』というNetflixオリジナル・ドキュメンタリーが、コロナ禍での人種不平等が問題視される２０２０年４月、YouTubeで全編無料公開されて話題になった。そこでは奴隷制度が廃止されても、「犯罪者」であれば奴隷労働に近い強制労働に従事させられる事実が描かれている（序盤は虐殺の様子などが多いため、お子さんと見る場合は大きなショックを与えてしまうかもしれない）。

ここで伝えられているのは、アメリカの刑務所の一部はいわゆる「民営化」した私企業である、ということ。私企業の大きな目的は利益追求だけれども、そのためには刑務所を常に満員状態にしておく必要があるのだという。そのために、刑務所の利害関係者が政党にロビー活動を行い、警察と連帯し、受刑者の数を増やしていく。ドキュメンタリーの取材によれば、軽犯罪の、もしくは罪なき黒人が次々と収容されていってしまう。犯してもいない罪を「私がやりました」と認めれば釈放される場合もあるけれど、前科者として生きる場合はあらゆる権利や、就労の機会すら奪われてしまうのだから、そう簡単には認められない。認められないから、出られない。そうして長年刑務所の中で、最低賃金よりもずっと安い労働力として働き続けるというのだ。

今回のBLM運動では、とくに「黒人と警察」の関係性が注目されているけれども、なにもその二つが憎しみ合い、啀《いが》み合っているだけではないらしい。その背後にはいまも、企業の利益が大きく動いているのだろうか。

かつて「受刑者を働かせてつくった商品を売っている」として、ヴィクトリアズ・シークレットなどの大企業が批判されているニュースを見たとき、それが不買運動に繋がるほどの大問題なのか、正直あまりピンとこなかった。罪を犯した人が、刑務所の中にいながらも、社会復帰の一歩として手を動かすことは、ある種合理的にも思えたからだ。けれども、刑務所が私企業として狭い牢屋を満員にしながら、最低賃金よりもずっと低い安価な労働力を大量に得て、そこから利益を生み続けているという構造があるのであれば、それはまるで現代の奴隷制度だ。「差別はやめよう」と良心に訴えかけるだけじゃなくて、そうした抜本的な仕組みを変えなきゃいけない……と、多くの人たちが訴えている。

ただ、アメリカで暮らしていると、「実際、黒人による犯罪は多いから……」という声も、ヒソヒソと囁かれている。ニューヨークの中でも「あそこは治安が悪いから、行かないほうがいいよ」と言われるのは、おおよそ黒人街と呼ばれているところだ。けれども、治安の悪さも、犯罪率の高さも、そのほとんどが親や祖父母から脈々と受け継がれてしまった、所得格差や教育格差、地域格差に起因している。いまこの瞬間に起こっている犯罪や差別は、一筋縄では解決できない、あまりにも根深い問題だ。

マイノリティに対する人権意識の高さなど、アメリカの先進性はニュースなどでも度々取り上げられているけれど、実際に身を置いてみればそれは持てる者だけの世界の話だということが見えてくる。自由の国は、外から見えるほどには自由ではない。けれども、200年前、100年前、50年前と比べれば、ずっと是正されているところがある、というのもまた事実なんだろう。そして、「それはあまりに楽観的だよ」と言われるかもしれないけれど、いまこの瞬間にも起こっている活動が、よりフラットな社会をつくっていくための原動力となることを信じたい。

しかし国境を越え、海を渡れば、どうだろう。

アメリカという大国が資本主義である限り、いやこれはアメリカに限らず日本でも、安価な労働者を大量に求める需要は止まらない。

私たちが流行りの服を安価で買える「豊かな世界」の裏側では、劣悪な環境で衣類をつくり続ける国々に、重い負担がのしかかっている。ファッション業界でも「この悲劇を繰り返してはいけない」と繰り返し挙げられる人災として、2013年4月24日、複数社のファストファッションブランドなどから縫製の委託を受け、劣悪な環境で多くの従業員が働いていたバングラデシュの縫製工場がビルごと崩落し、死者1138人、負傷者2500人以上を出した「ラナ・プラザ（RANA PLAZA）の悲劇」があるのは周知の通りだろう。

けれども当時、東京で忙しなく暮らしていた24歳の私は、異国の少女たちの犠牲の上でつくられたであろう安くて可愛い服ばかりを買い漁っていたのだ。店頭でそのニュースが報じられていれば買う気も失せたかもしれないが、印象の良いモデル写真ばかりがキラキラと並ぶ空間に身を置けば、悲惨な景色はかき消されてしまう。目の前に相手がいない社会問題について、自分ごととして考えることができなかった（その数年後、ファッション業界の過酷な現実が伝えられているドキュメンタリー映画『ザ・トゥルー・コスト』を観てから、自分自身の加害性にようやく気がついたのだけれども）。

負担をかける相手が遠ければ遠いほど、その片棒を担いでいる意識を持ちにくい。アメリカ人が、アメリカ南部にある自らの農地を黒人に耕させた時代とは異なり、グローバル化した社会では、労働者の痛みを見ることさえも「しなくて済む」のだ。

将来、自国の中で見せかけではない平等が実現したとて、「安価な労働力を大量に」という役割がほかの場所にスライドするだけ……というのは、あまりにもやるせない。

そして、その加害者側に、私たちは消費者という形で片棒を担いでしまっている。

見えない相手をどう知るのか。たとえば、イギリスに拠点を置く非営利団体 Fashion Revolution では、毎年 #whomademyclothes（だれが私の服を作ったの？）というハッシュタグと共に Instagram の投稿を促すことで、消費者側から生産背景の透明性を訴えていく運動を世界的に盛り上げている。小さな一歩かもしれないが、それが集まることで大きなうねりを生むのがいまの時代でもあるのだから、無駄な抵抗とも言えないだろう。

日本で暮らし、アメリカでも暮らす日々の中で、隣人を愛すること、目の前の相手の痛みを知り、仕組みを知り、異なる文化圏故にどうしても感じてしまうことのあるやりづらさを受け入れること、多数派であることに胡座をかかずに話を聞くこと。それらだって簡単なことではないけれど、そこは諦めちゃいけない。

けれども、見えない誰かの痛みを知ることはむずかしい。そこで自分にできることといえば、自分が購入する商品の生産背景について、可能な限り透明性をもって知ることができるように、訴え続けることだ。自分が捨てるものについて、まずは量や捨て方を見直し、さらに行政が弱いものに押し付けないように、信じられる政治家を選び、伝えていくことだ。BLM問題は、ぐるりと巡って、倫理的な消費……つまりエシカルと呼ばれるものとも繋がっている。

大きな国の抱える、あまりに大きすぎる社会課題に触れて、真っ黒に染まるタイムラインを前に無力感を抱いていた。しかし、ごく小規模ではあるけれども、自分ができる課題というのは、すぐ近くに落ちていたりもするのかもしれない。

大統領選、その青と赤のあわいにある、さまざまな色たち

　ここしばらくのニューヨークは寒空が続いていたけれど、2020年11月7日は久々に夏を取り戻したような晴天だった。真っ青な空の土曜日、家事も捗る。洗濯物を畳んでいると、外からキャァッと耳を劈《つんざ》くような叫び声が聞こえてきた。なにごと？　と気になってバルコニーに出てみれば、ハドソン川沿いを歩く何人もがスマホ片手に歓声をあげている。

　その場で私もTwitterを開いてみればやっぱり、飛び込んできた文字は、"JOE BIDEN WINS"。あぁ、やっと決着が。ジョー・バイデンとカマラ・ハリスが勝ったのだ。たちまち、外では鍋を叩き喜ぶ人や、ベランダから叫ぶ人……ここいらは「閑静な住宅街」がウリだった場所にもかかわらず、賑やかな音、音、音に包まれていく。対岸のマンハッタンやその先ブルックリンでは、街中のアパートをひっくり返したかのようなお祭り騒ぎがはじまっていた。さまざまな肌色を持つ人々が、自由や、多様性や、女性やマイノリティの権利、地球環境保護、そして何よりも"忌々しい4年間"の

終焉を高らかに掲げ、歌い、踊り、喜び合う。青い空には色とりどりの落ち葉が舞い、地球までもが祝福しているようだ。大統領選の結果によっては暴動になるぞとマンハッタンでは多くの店先にベニヤ板が張り付けられていたけれど、その心配は杞憂に終わった。

環境アクティビスト、フェミニスト、LGBTQ……日頃は別々の活動に取り組む友人らのほとんどがこの祝福ムードの一員となっていたようで、Instagramのストーリーも青一色に染まっていく。まさにここは、Blue Stateなのだ（Blue State＝青い州、つまり民主党支持者の多い州）。

――まるで邪悪な闇の組織に打ち勝ったヒーロー映画のエンディングのような景色を間近に、いち移民としてホッと胸を撫で下ろしながらも、これは現実の出来事であり、ハッピーエンドでめでたしめでたし……という訳ではないのだ。少なくとも半数近くの有権者がトランプ大統領を支持し、この国はあまりにもくっきりと分かれてしまった。

青か赤か、国際協力か米国第一か、環境保護か経済優先か、リベラルか保守か、バイデンかトランプか――。「良くやった！」「解雇だ！」「フェイクだ！」「票を数えろ！」「票を数えるな！」「騙されている！」「マスクをつけろ！」「目を覚ませ！」……あらゆる言葉が飛び交い、喜怒哀楽では収拾しきれないほどの感情で溢れている。

大統領が変われば、保険も、税金も、移民の処遇も、すべての仕組みが変わる。我が生活に関わることだからと必死に情報を拾っていても、どれもこれもが激しい二項対立で、いつのまにかアドレナリンが出すぎて眠れなくなる。その応酬を見て、目の前の出来事が腹立たしくなったり、悲しくなったり、がっかりしたり……確実にいえることは、このヒーロー映画の末席にいるエキストラとしてあまりにも興奮している、ということだ。

「二項対立させれば、PVが伸びますよ」

もう6年ほど前になるのだが、WEBライターのためのセミナーに参加したとき、ネットメディア界の大御所と呼ばれる人からそんなことを教えられた。長年数多のネットニュースを手掛けてきたプロフェッショナルによれば、二項対立は大衆の参加意識を高めて、PVが稼げるのだという。つまり金になる。

東京vs.大阪、持ち家vs.賃貸、犬派vs.猫派……メディア側が二項対立させておくと、人はどちらかの側につき、SNSで勝手に我こそが正義だと自己主張をはじめてくれる。駆け出しWEBライターであった私は、ふむふむとそのことをメモに残していた。

その後、10歳の頃から慣れ親しんでいたインターネットという土壌の中で、後天的に学んだプロの教えを実践してみると、教科書どおりにちゃんとバズる。あまりにもバズる記事を量産するもんだから、いつしか〝バズライター〟だなんて名誉な異名まで付けられた。

そんなバズライターを生業にしつつ、時にはセミナーでそのノウハウを教え、さらに裏ではゴーストライターとして「謝罪文」を書く仕事も度々請け負っていた。

ネット炎上をしてしまったときに、企業担当者は燃え盛る炎をどう上手く鎮火させようかと慌てふためく。そこでセミナー講師をしていた私の存在を思い出し、藁《わら》にもすがる思いで「この謝罪文は適切でしょうか？」と相談をしてくれる。ちょっと見せてくださいね、とチェックするとだいたい不適切なので、抜本的に修正する。少しでも自社を擁護するような文章は全てカットし、批判を全て認め、受け入れる超低姿勢の謝罪文を公式サイトから出す。そして同情を得られるような悲壮感漂う物語を、経営者や炎上当事者本人の言葉として別で打ち出す。そうすればたちまち「見直した」「感動した」「反省してくれてよかった」だなんて言葉と共に、炎は鎮火していくのだった（その謝罪文を、第三者が書いているというのに！）。

つまり、画面の先にいる人の喜怒哀楽は、テクニックでどうにでもコントロールできてしまう。二項対立の裏には金勘定があり、心からの反省文の裏にはあざといストーリーテラーがいるのだ。

もちろん「良い」文章もたくさん書いた。企業の事実をストーリーに仕立て上げるため、不調を「地獄」と、そこそこの好調を「奇跡」と書く。地獄から這い上がるシンデレラストーリーの中で、蛇足となる不都合な事実はなかったことのように消し去って、明暗のハッキリとした物語に整える。それはべつに嘘ではないが、演出という名の誇張だらけだ。

そうした仕事を続けていて、良心の呵責《かしゃく》を感じたというか、単純にすごく疲れてしまったので、受託仕事は全部やめた。が、私ひとりがやめたとて、世の中は今日もわかりやすくって劇的な演出と誇張に溢れている。

事実は小説よりも奇なりと言うけれど、事実なんて、つまらなくっても構わないのだ。中でも政治なんてものは、ライフラインを司る大規模な事務に過ぎないのだから、事実の羅列があるだけでじゅうぶんだ。やったこと、やっていないこと、やるべきことを羅列して、それぞれの立場で意見を述べればそれでいい。

けれども今回の大統領選は、まるでNetflixの新作を観ているようにエキサイティングで、嫌でも興奮してしまう。青と赤に分かれた民衆の間では、「口先ばかりの、鼻持ちならないリベラル」「時代錯誤な、差別主義者の田舎者」と互いのレッテルを貼り、罵り合う声が止まない。

そんな中で、『ヒルビリー・エレジー』という本を勧めてもらった。タイトルを直訳すれば、『田舎者の哀愁』。日本語版ではそこに、アメリカの繁栄から取り残された白人たち、という大味な副題が付けられているけれども、白人たち……と語るにはあまりにも粒の小さな、とある家族の実話だけが淡々と綴られた回顧録だ。

その本文に入る前、著者は次のように書いている。

この物語は、私が記憶しているかぎり、自分で目撃した世界を正確に描写している。登場するのはすべて実在の人物であり、話を脚色してもいない。学校の成績表、手書きの書簡、写真への書き込みといった資料を使って、細部にいたるまで、できるだけ裏付けをとるように心がけた。

（J・D・ヴァンス／関根光宏・山田文訳『ヒルビリー・エレジー　アメリカの繁栄から取り残された白人たち』光文社）

つまり、物語としての演出は限りなく少なく、少々読みづらい。とくに序盤は歴史の教科書を読んでいるようで、なかなかしんどい。けれども、著者が淡々と事実を書きたかった意図は、読み進めていくと理解できるだろう。

ちなみに2016年6月に出版されたこの本は、おそらく著者の意思とは関係なく、同年11月の大統領選でまさかのトランプが勝利したことにより、「トランプ大統領の支持層である、アメリカの白人労働者階層の実態がわかる書」として大々的にヒットする、という数奇な運命を辿る（本書には、ドナルド・トランプの名前すら載っていないというのに！）。

著者であるジェイムズ・D・ヴァンスは、１９８４年オハイオ州ミドルタウン生まれ。五大湖周辺、Rust Belt（錆びついた工業地帯）と呼ばれる鉄鋼業の町で生まれ育ち、イェール大学のロースクールを卒業した、自称「ごくふつう」の暮らしを送るインテリだ。彼がこの本を書いたのは31歳のとき。ちょうど私と同世代ということもあり、親近感を持って読みはじめたのだが、その半生はちっとも「ごくふつう」じゃない。中でも母親とのエピソードは凄絶だった。

——彼が12歳ぐらいの頃。母親の運転で高速道路を走っている途中、母は息子の何かが気に食わなかったらしく「車をぶつけてふたりとも死ぬ」と速度を１６０キロまで上げていった。驚いたジェイムズは後部座席に飛び移ったのだが、それを見た母はさらに激怒し、息子をぶちのめそうと車を道路脇に停めた。その隙を見て、ジェイムズは大草原を死にものぐるいに逃げ出し、見知らぬ女性の住む民家に「助けて。母さんに殺される！」と転がり込んでいく。女性は慌てて、すべての扉に鍵をかけてかくまってくれたものの、追いかけてきた母は扉を壊して中に入って来たという。

すると母は扉を壊して、私を外に引きずりだした。私は叫び声をあげて、あらゆるものにしがみついた。網戸、階段の手すり、地面に生えている草。（中略）母が私を車に引きずり込もうとしているとき、家の前にパトカーが2台停まった。降りてきた警官たちが、母に手錠をかける。おとなしく従おうとはしない母を、警官がやっとの思いでパトカーの後部座席に乗せて連れ去った。(同前)

その後、母は家庭内暴力の罪で起訴されるのだが、そこで裁判の証言台に立つのは息子であるジェイムズだ。自分が母に脅されていると証言してしまうと、母親は刑務所に入ることになる。(祖父母や弁護士からの圧もあり)そこで真実を告げることはしなかったという。

ジェイムズが高校生のときには、母は息子に「クリーンな尿をくれないか」と高圧的に求めてきたという。母親の仕事は看護師で、看護師免許を更新するために尿検査が必要なのだが、ドラッグに依存しているため自分の尿では検査に引っかかってしまうのだ。「クリーンな小便が欲しいんなら、つまらないことはやめて、自分の膀胱からとれ」とジェイムズが拒んだところ、母親は態度を一変させ、涙を流して懇願してきたそうだ。

しかし息子のジェイムズもまた、母親の結婚相手が隠し持っていたマリファナを吸っていたので、自分の尿がクリーンではないと知っていた。それを聞いた祖母がアドバイスをするのだが、その内容が「3週間でマリファナ2本程度なら、検査に引っかかることはない。どうせろくに吸い方だって知らないだろう」というもの。なんちゅうアドバイスだ。

この祖母というのがまた、おっかない人なのである。祖母がまだ12歳ほどの少女だった頃。家の大切な牛が泥棒に盗まれかけているのを目撃し、少女はすぐさまライフルをつかんで二人の泥棒めがけて撃ちまくる。「議論するぐらいなら撃ち殺したほうが手っ取り早い」と考える一族だったらしい。一人は脚に命中したので、最後の一撃を加えようと銃口を向けたところ、家族が割って入ってきたので、泥棒は一命をとりとめたのだとか。

その2年後、14歳にして妊娠していた少女は、17歳の夫と逃げるように町を出るのだが——その夫婦はジェイムズの記憶の中でずっと銃弾を込めた銃をポケットに忍ばせていた、というのだから驚きだ。しかしそんなおっかない祖母が、悲惨な環境下でジェイムズを守り、愛を注ぎ、その地域では本当に珍しいことに、大学に行けるまでに育て上げてくれたのだという。

対して母親は、薬物依存者であり、虐待を繰り返し、端から見ればひどい毒親に見える。けれども幼いジェイムズのために図書館カードをつくってやり、はたまた本を買い与え、息子がそれを読み終えるとしきりに褒めてくれたという側面もある。現金がなく、クレジットカードも持っていないが、息子と娘のために後日支払う仕組みの小切手を使って、豪華なクリスマスプレゼントを買ってくれることもある。悪者だと糾弾するだけにはおさまらない、家族としての姿があるのだ。

そして読み進めていけば、ジェイムズの家庭だけが特別荒《すさ》んでいたわけではないことが見えてくる。彼の故郷であるオハイオ州ミドルタウンでは、繁殖にしか興味を示さない親も、家族に向かって皿を投げる母親も、バイト先の商品を盗んで転売したり、ちっとも働かずに低所得者向けのフードスタンプを受給し続ける大人も、薬物の過剰摂取により死亡する若者も、珍しくない存在だと書かれている。

日本人の私たちにとって、「アメリカの白人家族」と聞けば、かつては支配階級にあり、現在も大きな家に住み、物に溢れた豊かな暮らしをしているイメージがなんとなく浮かぶかもしれない。貧しい側として報じられるのは、いつも黒人であり、ネイティブ・アメリカンであり、南米からの移民であったはずだ。ただ、白人の中にもさまざまな系統があり、著者はスコッツ＝アイリッシュの家系に属している、代々貧しい立場にあった労働者階級の一人だと書いている。そして、そうした自分や仲間たちに誇りと愛を持っているのだ。

彼らの貧困もまた、構造的な問題である。アメリカは農業にしても、工業にしても、規模の大きな国だ。ゆえに一つの町が、一つの企業に支えられている……ということは多く、彼の育った町では、かなりの人口がアームコという製鉄企業で働いていた。１９

17年創業のアームコは、ミドルタウンの心臓のような存在で、町にアームコ・パークをつくり、無料コンサートを開き、学校に資金援助もしていた立派な企業だったという。だが、1980年代に入り、製造業は労働力の安価な海外に流出。そこで1989年にアームコは日本の川崎製鉄と合併しAKスチールと社名を変えることで生き残りを図ったものの、現在はそれすらもなくなってしまった。

すると町には、仕事がない。じゃあ引っ越せばいいのでは？　と思うかもしれないが、そう簡単にいかない……ということも綴られているので一部を引用したい。

この現象の原因は複雑だ。ジミー・カーターの地域社会再投資法から、ジョージ・W・ブッシュのオーナーシップ社会まで、連邦政府の住宅政策は、家を持つことを国民に積極的に勧めてきた。しかし、ミドルタウンのようなところでは、持ち家にはきわめて大きな社会的コストがともなう。ある地域で働き口がなくなると、家の資産価値が下がってその地域に閉じこめられてしまうのだ。引っ越したくても引っ越せない。というのも、家の価格が底割れし、買い手がつく金額が、借金額を大幅に下回ることになるからだ。引っ越しにかかるコストも膨大で、多くの人は身動きがとれない。もちろん、閉じこめられるのは、たいていが最貧層の人たちで、移動できるだけの経済的余裕のある人は去っていく。（同前）

これと同じような話が、Netflixで公開されているドキュメンタリー『アメリカン・ファクトリー』でも伝えられていた。「先入観を捨てる」「お互いの話を聞く」「恥をかかせようとしない」「暴露映画はつくらない」という約束のもと制作された本作では、オハイオ州のデイトンという町の、ゼネラルモーターズの工場が舞台となっている。ここもミドルタウンのアームコと同じように、巨大な工場が町の雇用を生み出していた。しかしそのゼネラルモーターズは操業をストップし、多くの労働者たちが職場を失ってしまう。そこに救世主のように現れたのが、中国の大企業、福耀《フーヤオ》である。

巨大な工場は福耀の持ち物となり、自動車のガラスパーツを製造する工場として息を吹き返した。長年技術者として働いてきた地域の住民たちは「またここで働ける！」と期待するのだけれども、時給はゼネラルモーターズ時代の半額。さらに長時間労働、危険な業務に怪我が相次ぎ、労働者の権利を守るための労働組合を立ち上げることも許されない。何から何まで社会主義の中国スタイルで、アメリカ人労働者たちとの間には亀裂が走っていく。

「米国を再び偉大な国にしよう！」と、まるで大統領のように呼びかけてくる中国人経営者と、安価な賃金で雇用され、文句を言えばすぐに解雇されるアメリカ人労働者。中国研修に連れて行かれたアメリカ人の部門長たちは、私語なく、無駄なく、ロボットのように機械的に働く中国人に圧倒される。多くの中国人は寝る暇もなく、家族にも会わず一年中働くが、アメリカ人は週末になれば家族とBBQをするものだ。そんな文化の違いが、そしてそこから生じる亀裂が、淡々と記録されている。このドキュメンタリーも序盤は劇的な変化がなく退屈かもしれないが、事実に忠実につくられたゆえ退屈なのだろう。

このドキュメンタリーを観て、中国企業はなんて恐ろしいんだと思う人もいるだろう。一方で、中国人は勤勉なのに、アメリカ人はなんてだらしないんだ！　と感じる人もいるだろう。きっと受け取る人の文化背景によって、感想はまるで異なるはずだ。

私の生まれ育った千里ニュータウンは大阪のベッドタウンということもあり、公立小学校に通う同級生らの「親の職業」はそれなりに多種多様だった。自営業、小売店、商社、医者、警察官、教師、経営者、運送業、サラリーマン……。東京ではよくいる広告代理店勤務や芸能人の親はいなかったが、伝統芸能従事者や落語家の親を持つ子もいたし、ありがたいことに、充分に視野の広がる環境だったと言えるだろう。

働く選択肢を知っているということは、そのまま自由度に比例する。同級生の中には、大学に行かないで子育てをする友人もいたが、東京の大学に進学する友人もいた。帰国子女や外国人はほとんどいなかったから、海外にこそ視野を向ける機会はなかったものの、将来の選択肢は自ら選び取れるものだと、なんとなく感じることができていた。

けれども二世代上の私の祖母は、和歌山で生まれ育った。幼少期はずっと海でフグをふくらませて遊んでいたらしいが、思春期になれば毎週大阪の洋裁学校に通うフリをしながら、授業をサボって映画を観ていたらしいから、なかなかのお嬢様ギャルである。そうして通学中の電車で焼き栗をくれた駆け出しの実業家と恋に落ち、二人は周囲の反対を押し切って、「大阪に住むんだ」と、えいやと結婚した(この話は祖母から何百回と聞かされたので、おおよそ間違いないだろう)。

祖父の事業は順調で、会社は成長。1970年大阪万博の頃には千里ニュータウンという希望いっぱいの未来都市に夢の戸建てマイホームを持ち、祖母は鼻高々だったらしい。その家で息子二人を育て、それが後に、孫である私たち三姉妹の生家にもなる。

残念ながら、祖父は若くして帰らぬ人となってしまったので、私の母でさえ会ったことがない。けれども、祖父と祖母の「えいや!」があったからこそ、私は大阪で生まれ育ち、多種多様な職業を知り、大学に通えて、さらに東京に送り出してもらうことができた。もちろん都会に行くことだけが人生の正解ではないのだが、資本主義社会のスタートダッシュ時にうまく駆け上がりたいのであれば、20代前半で都会に身を置くことは大きなアドバンテージではあるだろう。

そこそこ都会で生まれ、かなり自由に職業選択をさせてもらえた私の政治的主張は、選び取ることもないままにリベラルとなった。だから、トランプ政権には不満だらけだ。

キリスト教保守派の間では、中絶は神の教えに反すると解釈されている。そうした背景があり、保守派のアラバマ州では2019年に、強姦や近親相姦による妊娠であったとしても中絶は認めないという法案が賛成25、反対6で可決された。強姦や近親相姦であったとしても、だ。信じられない、心底ありえないと思っている。そして、保守派の票を集めたいがために年々中絶反対派になっているトランプの信念なき言動には、腹の底からうんざりしてしまう。

そしてなにより、環境問題をスルーしながら経済的な成長ばかり守り続けることは「優秀なビジネスマン」のすべきことではないだろう。この4年で米国の経済は豊かになったかもしれないが、トランプ大統領はオバマ政権の環境政策を白紙に戻し、石油、石炭などの化石燃料分野の成長を妨げない方針を出していた。極めつけに、パリ協定も「アメリカの負担があまりにも重すぎる」と離脱した。

バイデン氏はパリ協定への復帰を宣言している。もしその負担を背負うために来年から税金が高くなったとしても、喜んで納税したい。私に投票権があったならば、（完ぺきではないと思いながらも）迷わずバイデン＝ハリス陣営に投じていた。

けれども、もし私がオハイオ州のラストベルトに生まれていたならば、どんな思想を抱いていたのか。個人が持つ思想のほとんどは社会や家庭環境や時代、関係性の鏡として浮かび上がっているものなのだから、きっといまの私とは大きく異なる。

職業の選択肢が寂れゆく製鉄業しかない中で、環境問題が大切と言えるのだろうか？地球の未来のために、自分の明日が突然奪われるとしたら、それでもエコだ、エシカルだと主張できるのだろうか。

また、自分たちを育んできた文化そのものが外国企業によって奪われ、心身ともに痩せ細っていく中で、国際協力が必要だと思えるのだろうか？　移民をもっと受け入れよう、という気分になるのだろうか？

そして私には縁遠いことだったが、『ヒルビリー・エレジー』の中では、教会の存在がこのように描かれていた。

父が通っていた教会では、私のような人間が切実に必要としているものを与えてくれた。アルコール依存症の人には支援コミュニティを提供し、自分はひとりで依存症と闘っているのではないと感じさせてくれる。妊娠中の母親には、無料の住まいと職業訓練、子育て講座が用意されている。失業している人には、教会仲間が仕事を与えたり、紹介したりする。父が経済的に困窮していたときには、教会の信者が一致団結して、父一家のために中古車を買ってくれた。

私の周りの壊れた世界と、そこで格闘している人たちにとって、宗教は、目に見える援助を与えてくれ、信徒たちを正しい道につなぎとめるものだったのだ。（同前）

祈りや信仰だけではなく、明日を生き抜いていくための生活協同組合として、教会が機能しているのだ。そこに通う人の割合はそこまで高い訳ではないそうだが、犯罪やドラッグが蔓延《まんえん》する地域の中で、教会が更生施設としての役割を果たしていることも確かである。もしも、どん底に落ちたときに、神の教えで救われたとしたら。もしも、自分が14歳の母親から生まれてきた存在だったとしたら。「中絶容認」という意見がどれほど大きなショックを与える選択なのか。私は一生かけても、本当の意味で理解することはできないのだろう。

私が理想を語ることができるのは、私が自由であるからに他ならない。けれども、その自由は私が一人で手に入れたものではなく、祖父や祖母、父や母、夫、ありとあらゆる人たちとの出会いで、結果として落ちてきたようなものだ。その経緯を忘れて、二項対立の向こう側まで理想をぶつければ、その理想論は暴力になりかねない。

二項対立のどちらかに立てば、世の中はたちまち青と赤の二色に見えてきてしまい、細かな粒の一つひとつが見えなくなってしまう。本当はオレンジも、ピンクも、黄色も、名前のつかない色さえもあるのに、途端に見えなくなってしまうのだ。5分で理解できることを前提につくられたニュースから、その先の鮮やかさを知ることはむずかしい。世界が鮮やかであることを忘れないために、自分とは色の異なる友人を大切にしたい。いま見えている色だけではなく、できれば育った環境も含めて。

いまは疫病の収束を願って家の中にいるばかりで、遠くに行くことも、新しい友人をつくることもむずかしい。けれどもこうして、異なる世界を教えてくれる本を読めば、まるで異なる文化背景を持つ友人ができたような感覚にもなる。

私のこうした一人語りもまた、「鼻持ちならないリベラル」だと受け取られるかもしれない。けれどもせめて、知らないどこかで暮らす読者にとっての、色の異なる友人として受け入れられれば……と願っている。

Ⅳ 小さな一歩

臆病者よ、大志を抱け

どうしてこんな遠い国にいるんだろう。

部屋の中で日本語ばかり書いているとつい現在地を忘れてしまうのだけど、窓の外を見れば、ここが異国であることを思い出す。下の道をわらわらと大家族が通り過ぎて行くのだが、賑やかな話し声はスペイン語のように聞こえるから、きっとメキシコからの移民一家だ。

この街は、生まれ育った故郷を去って、新天地を求めてくる人たちで溢れている。その理由はさまざまだけど、まだ豊かな故郷を持つ日本人にとっては、大きな志を抱き、自由や成功を求めて移動する人がほとんどだろう。望んでこの街に来る人たちはみな、フロンティア精神に溢れている。

2020年9月の終わり、多種多様なニューヨークの中でもメルティング・ポット(人種のるつぼ)と呼ばれているマンハッタンの東南、ロウワー・イースト・サイドにあるギャラリーを訪れた。かつては中華系の寺院だったという風変わりな物件の軒先には、22 ludlowという手書き風ネオンが掲げられ、中には8畳ほどの展示スペースが広がっている。オーナーは金山雄大くんという北海道出身の若者だ。

18歳で渡米し、23歳で飲食店を立ち上げた彼は、現在ニューヨーク市内で飲食店を6店舗、そして自身の帽子ブランド、ときたま日本語講師、そしてこのギャラリーの運営もしているという、常軌を逸したマルチプレイヤーである（さらには「プロの皿洗い」という肩書も持つ）。

留まることなく動き回り、話題の店舗を次々と手掛けてきた彼の存在を知る人は多く、現地メディアでは「ユウダイ・カナヤマは、多くの人が車を停める場所を見つけ出すよりも早く、新たなバーやレストランを開店させる」だなんて伝えられていた。

そんな彼は仲間たちと、2020年3月、同じくマンハッタンのチャイナタウンにDr. Clarkという偉人の名前を冠した北海道料理店を開いた。あたたかみのあるカントリー調の内装や、羊があしらわれた一点物のユニフォーム、絶品のジンギスカンバーベキューや石狩鍋、さらには日本式カラオケまで常備された、こだわりをふんだんに詰め込んだ店である。若いながらも経験豊富で手腕の確かな彼らがそこを「夢の店」だと掲げているのだから、すぐさまニューヨークタイムズやVOGUEにも紹介記事が載り、競争の熾烈なこの街で人気店になることは折り紙付きだった。

けれども、オープンした時期は、ニューヨークにコロナウィルスの大波がやってきたのとほぼ同時。たちまち市内はパンデミックの中心地となり、セントラルパークに野外病院が建てられる一方で、全ての飲食店はデリバリーやテイクアウトを除き店舗営業停止へと追い込まれた。不幸なことにDr. Clarkは、たった2時間（!）のお披露目をしただけで、その店内に客を入れることができなくなったのである。

地獄の4月、5月を終えて、アウトドアダイニングのみ許可されたのが6月のこと。その後、夏のニューヨークはまるで束の間の夢の中のように、あっちもこっちも歩行者天国となり、街中が学園祭のような空気に包まれていた。ジャンクフード店から高級フレンチまで、どの飲食店も路上にテーブルと椅子、そしてパラソルを並べて、屋外で食事を提供する。風や雨や虫の乱入はやっかいではあるものの、カラリとした明るい日差しの中でもはや収束しそうなコロナウィルスの感染者数に胸を撫で下ろしながら、多くのニューヨーカーが外での食事を楽しんでいた。

しかし、コートを羽織るようになった11月。誰一人として望んでいなかった第二波がやってきて、街は再び深い絶望に包まれた。ニューヨークの冬は厳しい。降り積もって固まった雪で道路幅は狭くなり、気温はマイナス10度を下回る日も少なくない。そんな極寒の地で、屋外飲食で収益を上げろというのは、飲食店への死刑宣告のようなものだ。雪掻きをして、屋外にストーブを何台も置き、マイナス10度の極寒の中営業するだなんて、どんな楽観主義者であれ悲観するしかない状況だろう。

しかし雄大くんたちのDr. Clarkには、知恵があった。彼らは日本料理屋ではく、「北海道レストラン」なのである。ニューヨークよりもさらに北に位置する彼らの生まれ故郷では、雪や氷を活用しながら、しばれる冬を楽しんで生き抜いてきた開拓者たちの知恵がある。

「いま、日本から炬燵《こたつ》ヒーターと布団を取り寄せてるんですよ！　ほらこれ、ほんとに絶対最高ですよ！」

雄大くんがそう言いながら見せてきたのは、かまくらの中に炬燵が設置された東北の屋外レストランの写真だ。雪国のかまくらレストランさながら、Dr. Clarkの店舗前に掘っ立て小屋を建て、そこに炬燵を並べ、寒い冬をサバイブするのだという。彼は興奮して計画を語っているが、ここは土足文化のアメリカだ。それも極寒の屋外で、異文化が受け入れられるのだろうか？　と心配になった。

それから数週間後にSNSを見ていたら、「NYに掘りごたつが大当たり！　コロナ禍のアウトドアダイニング事情〈越冬編〉」というタイトルの記事が流れてきた。私の心配は杞憂に終わり、炬燵ダイニングは大受けしたらしい。SNSを見てチャイナタウンに駆け付けたニューヨーカーたちは我先にと靴を脱ぎ、ポカポカの布団に脚をつっこんで、満足顔で石狩鍋を頰張っている。ちなみにテーブル文化のアメリカ人にも馴染みやすいよう、しっかり掘り炬燵になっているのだから親切だ。彼らの越冬術は現地メディアでも注目され、他のレストランからも「アウトドア炬燵」の注文が殺到しているらしい。Dr. Clarkによる起死回生のアイデアによって、炬燵文化がアメリカにもたらされたのだ。

「少年よ、大志を抱け」

というのはもちろん、北海道開拓の父であるDr. Clark、つまりクラーク博士が少年たちに残した言葉だ。博士が日本に滞在していた期間は1年にも満たないが、教え子たちから大いに慕われ、酪農の発展に尽力した。しかしそんなクラーク博士もよもや、母国アメリカで炬燵を並べるクレイジーな北海道料理屋に、自身の名前が冠されるとは夢にも思わなかっただろう。

雄大くんは、大志を抱いた開拓者そのものだ。勇敢で、前向きで、絶望さえもビジネスチャンスに変えてしまう。ニューヨークという刺激に溢れた街は彼のような人のために存在していて、またそうした開拓者たちがニューヨークをニューヨークたらしめているのだ。

一方、彼と同じ国からやってきた移民である私はというと、情けないことに開拓民に値するだけの勇気をさっぱり持ち合わせていない。

勇敢でもなく、前向きでもなく、アクシデントはできる限り避けて生きたい。心穏やかに、波風立てず暮らしていきたいのだ。身体も心に正直で、見知らぬ土地に移動するときは、飛行機が離陸する数分前から恐ろしくて脈拍が乱れてしまうし、到着してからの新生活ではすぐ胃腸が荒れ、全身にニキビや蕁麻疹《じんましん》が吹き出してしまう。我ながら情けないほどに臆病なのだ。

先日とある女性誌のインタビューを受けることになり、「新しい世界に飛び出したいけど、勇気が出ない。そんな読者に向けたアドバイスをお願いします」だなんてことを聞かれて、答えに詰まった。だって私も、えいやと飛び出すほどのバンジージャンプはこれまで経験してこなかった。

会社を退職するときも、いきなり完全なフリーランスになるのではなく、製菓企業に週3回出社して広報の仕事を請け負い、しっかり固定収入を得ていた。パラレルワークと呼ばれる類の働き方だ。渡米するときも、日本の仕事を継続しながら、リモートワークで収入を得られるように準備していた。

いつだって軸足は安全圏に置いたまま、片足だけを新しい世界に突っ込んでみて、ダメそうだったらまた戻る。大丈夫そうであれば軸足を移す。それを繰り返しているうちに、なんだか遠いところまで来てしまった。

いまの状態だけを見れば、フロンティア精神に溢れた人間に見られることもあるかもしれないが、私は臆病で気の弱い少女だった。「普通がえらい」「真面目が一番」と育てられ、特別に秀でている能力もなく、大志なんて抱く理由は持ち合わせていなかった。けれども、一歩ずつじわりじわりと進むにつれ、景色が変わり、意識が変わり、応援が増え、身の丈サイズの小さな志も育ってきたように感じている。

フロンティア精神に溢れたこの街では、勇敢な開拓者たちが、今日も新しい景色をつくっている。臆病者である私は少数派でやはり怖気づいてしまうのだが、多様性の一員としてここにもうしばらくは居座らせてもらいたい。臆病者の目線で書かれるフロンティア見聞録というのも、きっと珍しいもんだろう。

続・ニューヨークで暮らすということ

２０２０年３月２日。夫と私は跳び上がって歓喜していた。夫のプレゼンが通り、やっとニューヨークで初個展を開催できる権利を得たのだ。順風満帆とはいえなかった２年間の末に掴んだこの好機はあまりにも大きく、この出来・不出来で今後の進退が決まってくることは目に見えていた。

開催場所は、マンハッタンのソーホーにあるNowHereというギャラリー。ここは日本人のオーナーが、日本出身のアーティストやクリエイターが世界で勝負するための足がかりをつくろうと２０１９年に立ち上げた、大きな展示空間である。ニューヨークのギャラリー街といえばチェルシーだけれども、ソーホーは東京でいえば原宿や表参道のような雰囲気で、ファッションとスモールビジネスの渦巻く流行発信地だ。

そんなNowHereの運営方針としてユニークなのが、個展開催のチケットを渡す対象を「ニューヨーク在住の日本人クリエイター」に絞っているということ。作家自身が日本を拠点にしていると作品だけ海を渡って本人は現地に来られなかったり、来られたとしても英語で来場者にプレゼンテーションできなかったり、「ニューヨークでの個展開催」を最終ゴールにして満足してしまっていたり……と、なかなか次には繋がりにくい（もちろん、作品だけで次に繋げる人もいるんだけれど）。けれども既にニューヨークに拠点を置いているクリエイターであれば、背水の陣。この街で生きていくだけの気概を背負って一緒にシーンをつくっていってくれるだろう、という意図があるようだ。

いよいよ開催まであと数日……となった3月16日。真冬のように寒い現場で設営作業に追われていたところ、NowHereのディレクターを務める戸塚憲太郎さんがやや神妙な面持ちで近づいてきた。その表情だけでもうお察しなのだが、個展は無期限の開催延期が決まった。その数日後、ニューヨークは事実上のロックダウン状態に入り、パフォーマンス空間を伴う夫の仕事はこれに限らずすべて飛んだ。

あんなに社交好きのニューヨーカーたちがそれなりにお利口に家の中で時間を過ごした数ヶ月を経て、夏頃には感染者数も減少してきたということで、徐々にビジネスが再開されていく。最初に建築や製造関係、次いでヘアサロンや不動産屋、飲食店の屋外営業、そして最後にようやく、アートギャラリーなどの再開の許可が出たとき、季節は春を通り過ぎて夏すらも終わろうとしていた。

ついにその幕を開くことができた9月9日水曜日。夫はもちろん、ギャラリーのスタッフさんも、そのご家族までも、みんなが総出でオープン時間に待機してくれた。半年も開催を延期して、やっとシャッターが開く瞬間に立ち会えるのだから、みんなが心待ちにしていたのだ。そしてワクワク、ワクワクと待機していたのだけれども、10分経ち、30分経ち、1時間経っても、誰一人として入ってこない。

知り合いさえ来ないのだから、自分の夫ながら、あまりにも人望がないのではないか？　と不安になった。それにしたってここはソーホーの一等地なのだから、無人というのはあまりにも虚しい。全員態勢で挑んでいたスタッフも「ちょっと、お昼行ってきます……」と、そそくさと休憩に消えていく。

言い訳をすれば、日頃この街を賑わせている人の半分以上は観光客なのだ。平常時に、山のような人だかりの構成員でもあった海外からの旅行者はほとんどいない。だから平日にここを歩いているのは「郊外に引っ越さなかった」ソーホー在住者のみ。

さらにソーホーはたった数ヶ月前、暴動の中心地でもあった。多くのショーウィンドウが破壊され、商品は盗まれ、罵声が飛び交った。

疫病と暴動の二重苦で、ここに住んでいた多くの富裕層は郊外に引っ越したり、別荘に避難してしまったり……。つまり、街にはさっぱり人がいない。

そこで私はパンフレットを数枚つかみ、ごくわずかな道を歩く人に「サウンドアートの展覧会、開催中ですよ！」と呼びかけてみた。肝心の英語力は相変わらず低いのだが、間違っていても大丈夫！　という屈強な精神力だけはこの3年間で随分と鍛えられていた。そうして声をかけてみると、ニューヨーカーの多くはこちらを見て足を止め、ちゃんと興味を持ってくれる。

日本だと、声掛けといえばキャッチの印象が強いかもしれないが、この街の人たちはごく自然に声を掛けてくる。あなたの服装最高！　だとか、素敵だから写真撮ってもい い？　だとか、そうした交流は日常茶飯事なのだ。

異国の地で、まったく知らない人が、個展会場に足を踏み入れる。その足音をマイクが拾って空間全体が楽器のように響くので、わぁなんだこれ……という反応を示している。その瞬間はもう、はち切れそうに嬉しかった。

呼び込みの成果もあり、来場者がちらほら増えはじめた昼過ぎには、アンディも駆けつけてくれた。Instagram経由で知り合い、ニューヨークではじめて仲良くなったアメリカ人だ。「誰も来なくても僕が行くから大丈夫！」と言って、ブルックリンから地下鉄に乗って、ちゃんと来てくれた。

夜になると、アーティストの山口歴《めぐる》さんも来てくれた。かつて東京藝大を目指し3浪した歴さんは、4浪ではなく渡米を決断。それから十数年、この厳しい大都市で耳を疑うほどの努力を続けて、いまとなっては超がつく人気作家だ。自らの弟子を4人も引き連れ、じっくりと鑑賞してくれた。

歴さんとは、これまで何度も飲み交わす仲だったけれども、口下手な夫は自身のやりたいことをなかなか彼に伝えられなかった。でもこの空間に立ち入った歴さんは、「やっとやりたいことがわかったよ！」と何度も言ってくれた。さらにはInstagramで紹介してくれて、アートファンへの認知も広がった。

開催当初は通りすがりの人か、友人知人が来てくれることが多かったけれども、後半になるほどInstagramを観て気になって……という来場者の割合が増えてきた。音の展覧会なので正直ビジュアルインパクト勝負のInstagramでの広がりはあまり期待できないね、と話していたのだけれど、それでも気になって来てくれる人たちだからこそ感度は高い。人が人を呼び、最終週には入場制限までかけるほどの賑わいとなった。

そして驚いたことに、「通りすがりの来場者」の中にもしばしば、とんでもない人が紛れ込んでいるのだ。在廊はスタッフさんに任せて、我々は家でたまった仕事を片付けていたある日のこと。風呂場から狂気の叫び声が聞こえてきたので、ついにゴキブリが出たか……と叩き潰す覚悟を決めてドアを開いた。するとスマホを手にした夫は「………Pace Gallery（ペース・ギャラリー）のディレクターが来てくれた！」と叫ぶのである。それを聞いた私も叫んだ。信じられない！

ギャラリーのスタッフさんが送ってくれたメールを見れば、Pace Galleryのディレクターと名乗る男性がたまたま休日に娘さんと一緒にソーホーの散歩をしていて、音が聴こえてきたからとギャラリーに立ち寄ってくれたとある。そして長時間堪能し、たいそう気に入ってくれたらしく、「これからも新作を見せ続けて欲しい。彼の作品はチームラボを彷彿《ほうふつ》とさせるよ。いまPace Galleryではマイアミに新しいインスタレーション専門の施設をつくっていて、僕はそのディレクターなんだ。よろしく伝えておいてくれ！」という言葉と共に、名刺をスタッフに渡していってくれたそうなのだ。会場に置いていた芳名帳にも、しっかり記帳が残っていた。

アートの世界には「メガギャラリー」という、それはそれはたいそう影響力の強いギャラリーがあり、その中でも世界3大メガギャラリーと呼ばれているのが、Gagosian（ガゴシアン）、Hauser & Wirth（ハウザー＆ワース）、そしてPace Galleryだ。その代表格であるGagosianは、ウォーホルやジェフ・クーンズ、そして村上隆作品などを取り扱っている。同業種の中で収益世界1位を誇る同ギャラリーは、アドレナリンを放出するような、もしくは資本主義社会を皮肉るような、エネルギッシュなアーティストが多い。

一方のPace Galleryは対照的で、マーク・ロスコ、イサム・ノグチ、奈良美智、そして私の敬愛する李禹煥《リ・ウーファン》……作家によりけりではあるけれども、たおやかで、副交感神経が優位になるような作品が多い。そして最近はインスタレーションの可能性に投資していて、チームラボやカールステン・ニコライなど、音や光や空間を伴うテクノロジー領域のアーティストと共に、アートそのものの体験価値を拡張している。

実は夫は学生時代、作曲家兼サウンドエンジニアとして、チームラボの一員でもあった。その頃、Paceはサンフランシスコ近郊に広大なギャラリーをオープンし、テックの街ということで、こけら落とし展にはチームラボが選ばれた。夫もその制作スタッフとして駆り出されていたのだ。

チームの一員としていつも通りのハードな設営を終えたあと、オープニングパーティーがはじまれば、景色は一転。シリコンバレーの超有名起業家たちが目の前で作品を体験してまわり、より深く知ろうとあれこれ質問を投げかけてくれたのだという。その後、何度も足を運んで、作品を購入した人たちもいたそうだ。当時、私は興奮する彼の話を東京の小さなアパートで聞くばかりだったけれども、それがとんでもない体験であるということはよく伝わってきた。

自分が音を手掛けた作品が、アートマーケットの第一線に放たれるという原体験は、大学生だった夫の夢と現実の間を掻き混ぜた。そしてアートマーケットというある種保守的な世界のゲームチェンジャーでもあるPaceは、その頃から明確に、憧れの存在にもなっていたようだ。

だからPaceの本社があるニューヨークに来た頃、夫は「Pace Galleryが憧れなんです！」だなんて話していたのだけれど、それを聞いた人たちは漏れなく苦笑した。「あの、そんな夢みたいな話じゃなくてさ、もうちょっと現実的な話を……」と、やさしい助言をいただきつつ、「まだこの街で何も発表してないのに、この若造は何を言ってるんだ！」と呆れられていたに違いないし、まぁ、妻である私ですらそう思っていた。でかすぎる夢を語るより、来月の家賃のためにバイトをしてくれ！　と。

が、そんなPaceのディレクターの琴線に触れて、その後メールのやり取りもして、これからずっと活動のアップデートを送って欲しいと言ってもらえた。もっとも、ギャラリーに所属せずとも活動できる時代なのだし、メガギャラリーのビジネスモデルには賛否ある。私個人の意見をいえば、大きな組織だけに依存するようなプレイスタイルは好まない。けれども、夫の夢を叶えるには広大な空間が必要であることは火を見るより明らかで、Pace Galleryは世界各地の拠点で今日も展示空間を拡張し続けている。まだまだ研鑽を積む必要はありすぎるのだけれど、こうした繋がりができたことは、夫にとって最高の励みとなった。これがニューヨークか、と震えた。

そんな出会いの一方で、私は表現者たちとの共鳴にすっかり魅了されてしまった。ニューヨークはおかしな引力が働いていて、ここまで物価が高く、経済の中心でありながらも、ありとあらゆる表現者が住む街でもある。ギャラリーを訪れる人の多くが何かしらの表現活動をしていて、コラボレーションの依頼もたくさん舞い込んできた。

中でも特筆すべきは、アダム・ロビンソンとの出会いだ。お茶好きの私は、疫病流行前にニューヨーク中にあるお茶屋という茶屋を巡っていたのだけれど、そのうちの一軒で茶葉を購入しようとレジに持っていくと、「……ほかに、きになるものは、ありますか？」と尋ねられた。そのまま日本語で、だ。それがアダムとの出会いだった。「どうしてわかるの？　台湾人や韓国人かもしれないのに！」と英語で返したら、何度も日本に行ったことがあるから、君の服装や英語のイントネーションですぐに日本人だとわかったよ、とにこやかに答えてくれた。

話を聞けば、彼はお茶屋で働きつつ尺八奏者としても活動しており、そのレッスンのために度々来日していたらしい。その場でInstagramをフォローし合って、今度尺八聴かせてね、だなんて会話を交わして店を出た。それから数週間後、アダムの働いていたお茶屋も含め、ほぼ全ての商業施設が感染症対策でシャッターを閉めていたのだが、彼はInstagram Liveで度々尺八の演奏を発信していた。そのライブは5、6人しか観ていないのだが、なんとも魅力的なのだ。外では救急車のサイレンばかり鳴り響く中で、竹から生まれる繊細な音が、不安で押しつぶされそうな心を和らげてくれた。

夫は、笙《しょう》など日本古来の楽器を自身の楽曲でも使用している。アダムはきっと夫の音楽が好きだろうなと、Spotifyなどのリンクを送ると、やっぱりとても深く聴き入ってくれた。そして個展がはじまり、「ぜひ尺八を持ってきてよ！」と頼んだところ本人も乗り気になり、会場で演奏を披露してくれたのだ。

会場にはいくつものマイクがあり、来場者の鳴らした音を拾って空間全体が包まれるように響く。アダムの尺八の音色はギャラリー空間の中で夢のように美しく反響した。束の間のゲリラコンサートはとても人気で、たまたま居合わせた人たちもうっとりと聴き入っていた。

もともと音楽大学でサックスを専攻していたアダムは、音楽の知識も豊富であり、そして誰よりも作品に対して深く共鳴してくれた。夫も彼の音色に興奮し、一緒に本格的なライブパフォーマンスをやらないかと提案したところ即快諾。そして同じく、個展会期中に出会ったダンサーの逢坂由佳梨さんと3人で、尺八とコンテンポラリーダンスとのコラボレーションライブを開催することが急遽決まった。

個展最終日前日である10月17日。感染対策により観客の人数はかなり制限をかけなければいけなかったが、知人に頼んでライブ配信もしてもらい、ソーホーでの小規模なコラボレーションライブが開催された。静謐《せいひつ》で美しい音を味わう、素晴らしい夜だった。

アダムも、由佳梨さんも、最初ギャラリーを訪れたときはまったくのゲリラパフォーマンスをお願いしたというのに、臆することなく自らの表現を魅せてくれた。そうした来場者は驚くほどに多く、歌をうたう人、逆立ちをはじめる人、何時間でも瞑想を続ける人……鑑賞者はあまりにも自由。多種多様な来場者に作品の可能性を試されているようで、毎日刺激を受けるばかりだった。そしてニューヨークには、非英語話者も多い。スペイン語話者、中国語話者、ポルトガル語話者……言葉が伝わらなくても、作品に共鳴してくれる人たちと通じ合えるひとときは美しく、その光景にはジェラシーすら抱いてしまった。

私の表現領域は日本語だ。世界有数の複雑でハイコンテキストな言語を前提に執筆活動をしている私が、文章を通してわかり合える人の属性はかなり限られている。でもアートは違う。アーティストが世界に出るべき理由を、肌で感じさせられたのだ。

最終日、ロサンゼルスから出張のついでにと寄ってくれたお客さんが、こんなことを言っていた。「ニューヨークは、予想もしてない偶然の出会いがあるから、街歩きが本当に面白いですよ」と。

たしかに、ソーホーを歩いている人たちは、明確な目的などなくても「ここに来ればなにかがある」と期待している。そして多くの表現者たちが世界中から、「ここに来れば夢を摑める」と大志を抱いて集まっている。みんなが心の中にアメリカンドリームを抱き、何かしらの可能性に期待している人ばかりの街なのだ。そこで誰かの心を打つことができれば、次々と好機が到来してくるのがニューヨークの醍醐味だ。

一方ロサンゼルスは車社会で、街を徒歩で移動している人はめったにいない。地下鉄がニューヨークのように便利ではないから、どこかの駅の周りが栄えている、ということもなく、多くの人は目的地から目的地に自家用車で移動する。それゆえ、偶然の出会いは少ないそうだ。だからこそロサンゼルスから来たお客さんは、「ここは、街歩きがすごく楽しい……」と何度も口にしていたのだろう。

ニューヨークはまるで、雑多な本屋みたいなものだ。あそこに行けば何かがある、とふらり立ち寄る人がいる。目的以外の本に惹かれるかもしれないし、まったく知らなかった分野が気になってしまうかもしれないし、本を買いに来たのに雑貨を買ってしまうこともある。人との出会いだって起こりうる。欲しい物をAmazonのキーワード検索で一発ゲットするのではない、寄り道の美学がある街だ。それはこの街の歴史に残る、パンデミックとの闘いを経てもなお健在で、むしろ感染が落ち着いたタイミングだからこそ、人は心からフィジカルな出会いや喜びを求めて彷徨っているようだった。

資本主義とカウンターカルチャーの入り交じるこの狂った街に、個人として成人後に移住してくる人は、よっぽど限られた特権階級にいる。母国で何かしらのビジネスに大成功して資産があるか、才能があり努力もしてるアーティストや研究者で助成金などを得ているか、実家が太いか、もしくは計画性のない馬鹿である。

我々はもちろん最後の部類で、無計画ゆえにこれからも苦しいことが山ほどあるのだろう。けれども、そびえ立つ金融街の真横に、経済合理性を忘れてしまった大馬鹿者たちが集まるからこそ、バグのようなものが次々と生まれる。それに投資する資産家たちもいる。NowHereという今回の開催会場も含めて、どうにも狂った街なのだ。

個展終了後、ギャラリーのスタッフさんがこんなキャプションを添えてInstagramを更新してくれた。

美しい音の展覧会をありがとう。展覧会『静寂を聴く』は、私たちをCOVIDの休止状態から解き放つのに、最適なアートの解毒剤でした。よくやった！

Thank you for a beautiful sound art exhibition. "Listening to Silence" was the perfect art antidote to ease us out of our COVID pause. Well done!

——展覧会タイトルの『静寂を聴く』というのは、音のない静かな空間、という意味ではない。なぜなら人は究極の静寂にその身を置いたとき、自らの血液の音や、心臓の鼓動など、内なる音をはっきりと耳にするからだ。生まれる前からずっと聴いていたはずの、自分自身の音である。ただその音は、喧騒の中では聴こえない。

夫のつくった音空間は、まるで私たちを母胎の中に立ち返らせてくれるような、包み込まれる安らぎをもたらすものだった。そして画面越しの情報ばかりに疲れ、疫病や治安の悪化に耐え忍び、それでもニューヨークという狂った街を立ち去らなかったタフな人たちの心に捧げる、やわらかなセラピーとなったのだ。

ギャラリーに集まった人たちの穏やかな顔、顔、顔を見ていると、マスクごしであれ、安堵が伝わる。ようやく私も、ずっと好きになれなかったこの街で、少しばかりの安堵を手に入れた。Well done, 夫は本当にこの個展を通して、いろんな景色を見せてくれた。これ以上の刺激はない。次は私の番である。

「良いことでは飯が食えない」への終止符を

「人生を変える旅」だなんてよく言うけれど、それは旅に対する過信だろうというのが私の持論だった。自らの価値観を変えたいのであれば、最短でも90日くらいは異文化に身を置かないと、表層を撫でただけで終わってしまう。物珍しさゆえに驚くことがあったとしても、もとの暮らしに戻れば次第にそのことも忘れてしまうじゃない、と思っていた。

しかし2019年の春に、アイルランドのダブリンで過ごした1ヶ月は私の思想を根本的に変えてしまったのだから、考えを改めなければならなかった。ダブリンに住むAllaというファッションデザイナーと親しくなり、1ヶ月のうち10回も共に時間を過ごしたことは既に記した通りだが、彼女と過ごす時間は快適で楽しいだけではなく、ショックを与えられることも多々あった。

ダブリンの水は硬水で、そのまま飲めば日本製である私の胃腸を壊しにかかる。レストランでも学校でも水は無料で手に入ったが、それでは具合が悪くなるので、私はいつも軟水のペットボトル飲料を持ち歩いていた。するとAllaは私の手にあるペットボトルに視線を落とし、アイルランドにおけるペットボトルのリサイクル率についての話をしてきたのだ。そういえば、彼女はいつも大きなガラス瓶を持ち歩き、あらゆる給水所で水を足しながらゴクゴクと飲んでいた。最初それを見て、なんだか重たそうなものを持っているなぁ、とだけ思っていたのだけれども、彼女は筋トレをしたい訳でも、ペットボトル飲料を買うお金を惜しんでいるのでもなく、リサイクル率の低いプラスチック消費に加担したくないようだった。私はその姿を見習って、フィルターで濾過《ろか》された水を飲むようになり、硬水の国で快適に生きる術を身に付けた。

またある日、ダブリンの西側にあるフェニックス・パークをふたりで散歩していたところ、たくさんの鹿に遭遇した。奈良の鹿ほどではないが人には慣れているようで、可愛がってパンを与えている若い男性たちの姿も見える。するとAllaは彼らに近づき、「鹿にパンを与えてはダメ」と止めたのだ。代わりに林檎をポケットから出し、「これなら大丈夫、ちゃんと消化できるから」と私にも分けてくれた。私はその林檎を半分食べて、残り半分を鹿にやった(ちなみに彼女は、生物学の修士号を持っている)。

日頃のAllaはとても穏やかで、物腰もやわらかく、ファッションデザイナーという肩書を疑いたくなるほどに自己主張は控えめだ。けれども一緒に時間を過ごしていると、これだけは譲れない……というときのみ「主張を恐れぬ人」へとスイッチが切り替わる。

その基準は彼女自身の内側にあるのではなく、自然や動物のほうにあった。Allaの日々の行動は、私に疑問を抱かせた。残念なことに、私はその場ですべてを理解できるほどの英語力を持ち合わせていなかったので、毎晩部屋に戻ってから彼女の行動の本意をネットで調べるようになった。日本のリサイクルシステムはどうなっているのか。野生動物にはどう接したらいいのか。その検索結果は悲惨なもので、世の中を構成するあまりにも多くの物事が、社会的弱者や、動物や、地球を痛めつけて成り立っている……？　と、途端に恐ろしくなってしまったのだ（無論、ネットで得たショッキングな情報がすべて事実であるとは限らないけれど）。

自称するのもおかしいが、私の仕事をわかりやすくいえば「インフルエンサー」と呼ばれる類のものである。SNSで言及した商品をたちまち品切れにさせるのが十八番であり、消費を促進することが生業だった。しかし情報を摂取すればするほどに、のんきにニコニコ「買ってください！」「これ、いいですよ！」とは言えなくなってくる自分がいる。

〝識字憂患〟――つまり「人生字を識るは憂患の始め」というのは、中国北宋代の政治家であり文豪でもある蘇軾《そしょく》の言葉だ。これはつまり、人は文字を学び、書物に触れることで悩んだり苦しんだりしてしまうから、無知でいたほうがよほど楽だったのに！　という話なのである。

この言葉が生み出されてから千年近く経ったいまも言い得て妙というか、むしろ識字憂患ここに極まれり、といった時代なのかもしれない。特に環境にまつわる問題は知らなければ悩まずに済んだかもしれないが、知ってしまった以上、向き合わないことは罪になる。

けれども、ちゃんと向き合うほどに、何も仕事ができなくなるのだ。SNSでの宣伝をぴたりとやめると、もちろんお金が稼げなくなる。表向きにPRをする仕事と並行して企業のマーケティングコンサルタントとしても働いていたのだが、そちらでも環境負荷を低く……だなんて求めていくと、クライアントとの利害が一致しなくなり、続かなくなるのは当然だ。これでは家賃すら稼げない。八方塞がりな状態に絶望を感じながらも、ショックを受けた気持ちをそのまま文章に書き、ネットに公開していた。

すると今度は「塩谷さんの影響を受けて、仕事ができなくなりました」という読者からの声が届いてくる。もちろん、そこまで直接的な表現ではないけれど、意訳すればそう捉えられる内容なのだ。理想を持って「もっと環境負荷を低く」「もっと人や動物にやさしく」と呼びかけたとて、この意見に共感した読者が職を失ってしまうのでは、それはそれで罪深い。世の中に警鐘を鳴らしたあとの、次の世界までセットで考えておかないと、綺麗事は綺麗なだけで終わってしまう。

私は、美しいものに感動したい。欲しいものが欲しい。そして、そこから感じられるすべての事を文章に綴りたい。それが一番大切な、ただの欲深い人間だ。

でも、その背景に、搾取されて苦しむ人、たらい回しにされ腐敗臭のするゴミの山、理不尽に奪われる権利……そんなものがあることを知ってしまうと、もう何もできなくなる。

医者になりたいと思った女性が、女性であるがゆえに医者になれなかったとしたら、まずは権利の平等のために闘うだろう。美しい世界で生きたいと思う私が、ちっとも美しくない世の中で過ごしているとすれば、本当に美しいものを安心して摂取できる世界をつくることに、向き合い続けるしかないのだ。

しかし私は、感情に任せて仕事をしてきた人間だ。そんな人間がまず躓《つまず》くのは、感情的な物語と、正しい情報はまったく異なるということである。「良いことをしたい」と目覚めたとき、私たちの多くはまず検索エンジンを頼りに、読みやすい情報を摂取したり、本屋に行ったりするだろう。しかしインターネットであれ本であれ、そこには巧みに感情に訴えかけてくるエセ科学や、根拠なき陰謀説、そして商品を売りたいためだけに「地球にやさしい」とホラを吹くグリーンウォッシュなどが混ざり込んでいる。残念ながら、義務教育を受けただけではこうした情報のファクトチェックをするのはむずかしく、知らず知らずのうちに根拠なき情報に囲まれ、それをまた他人に広めてしまうこともある。このような袋小路にハマってしまうと、いくら純粋な動機を持って環境問題に取り組んでいたとて、その努力が空回りしてしまいかねない。

であれば、「良いことをしたい」と目覚めた生活者は全員、大学院で環境学を専攻し、今日の科学で信頼の置ける最新の英語論文を読んでから、確たる根拠と合理的な考察を持って、洗剤を買えばいい、というのだろうか？　それは少々非現実的な話だろう。

私は個人事業主として独立してから、かれこれ6年くらい働いているけれど、法律のことも、税金のことも、いまいちちゃんと理解していない。ちゃんと理解していないなりになんとか生きてこられたのは、法律のことは弁護士さんに、税金のことは税理士さんに相談料を支払って助けてもらっているからだ。そして、直接なにかを聞くほどではないときは、弁護士ドットコムや会計ソフトfreeeなどの情報発信も役に立つ。兎にも角にも餅は餅屋。自分の頭で悩んでも、月明かりすらない森の中で迷子になってしまう。

けれども環境問題に関していえば、素人が疑問を相談できる場所はあまりにも少ない。もちろん少し踏み込んだものはあるけれど、顧問弁護士や顧問税理士のような存在はまだまだ稀で、ふつうの人が知見を持った専門家の知恵を借りることはむずかしい。けれども、必要じゃない？　と思うのだ。弁護士さんや税理士さんに並ぶような、環境問題のプロフェッショナルが……。

たとえばAppleは、環境・政策・社会イニシアチブ担当の副社長として、米国環境保護庁の元長官を招き入れている。あれほどの巨大企業であればそこにお金もかけられるよね、と他人事にしてしまうのではなく、自分サイズでできることから考えていきたいのだ。

スタートアップ経営をしている友人からは、「自社が環境に負荷をかけている自覚はあって、サステナブルな事業に切り替えたいけれど、指標をどこに置けばいいのかさっぱりわからない。気軽に聞ける人もいないし、間違ったことをして炎上したくもないから、なかなか踏み出せないんだよね……」と悩む声も聞く。

そうした声が各企業から聞こえてくるいま、必要とされているのは、専門家と生活者、もしくは専門家と中小企業を繋ぐ、お悩み相談コミュニティなのだろう。

私企業となれば競争がつきものだが、こと環境問題に関していえば競争ではなく共存することが目的になるのだから、差別化だとか、ブランディングだとか、そういう類の話にすべきじゃない。環境負荷の低い方法があれば、もったいぶらずに共有し、そしてみんなで一緒に、専門家にまとまった相談料を支払って新しい経済圏をつくっていくのが理想形なのではなかろうか。

話は変わるが、私は2017年から毎年、宮城県にある南三陸ホテル観洋でクリエイターや経営者を招いた合宿を企画している。いまもなお残る震災の爪痕を知り、地元に暮らす方の話を伺い、「被災地」だけではない側面を知るという、年に一度の恒例行事となりつつある。同時に、クリエイターたちの知見やノウハウを、南三陸町の方々に提供するセミナーなども開催している。入場料は0円だ。この継続的なプロジェクトに関しては、私としては生活のための仕事とは切り離しているのだが、共に主催しているホテル観洋の女将、阿部憲子さんはいつも私にこう言うのだ。「価値あることをしてくださっているのだから、ちゃんと謝礼を支払わせてください。関わってくださる方々が、経済的にメリットがある形にしなければ、続かないでしょう」

その言葉は、とても重い。これまで、ボランティアでたくさんの人が滞在してきた町だけれども、そうしたすべての善意を継続させることは、むずかしいことなのだ（もちろんいまでもずっと、ボランティアに励んでいる人たちもいる。そして災害大国日本では、被災地は次から次へと場所を変えてしまうのだから、労働力を提供するボランティア活動をされている方が、もっとも緊急性の高い場所に駆けつけていく必然性があるのは言うまでもない）。長期的に見れば、ボランティアよりも経済的に自立した関係性を築くほうが、双方にとって良いのかもしれないと思いはじめている。

環境問題はより恒常的な問題なのだから、「良いことだからボランティアで……」という提案は却下されるべきである。少しの我慢は必要かもしれないが地球のサステナビリティを掲げる組織が、人材のサステナビリティを保てていないのでは本末転倒だ。

私にできるとても小さな一歩として、ここしばらくは執筆した記事に不安があれば、科学者に内容を確認してもらっている。自分がなんとなく「エコだなぁ」と取り上げたものが、ただのグリーンウォッシュであることは少なくないのだし。

記事の監修をしてくれているのは、コペンハーゲンにあるニールス・ボーア研究所で物理学を研究している姫岡優介くんだ。彼の研究対象は生物だが、いわゆる生物学ではなく、生命現象の法則を物理学などを用いて解明していく「システム生物学」という類のものらしい。研究領域自体が生物と物理の重なるところにあるというのも大きな理由かもしれないが、彼はとても博識で、日々の生活における私の疑問に対しても「専門外ではあるけれど、こういうことかもしれない」と論文を引っ張り出してきてくれる。

もちろん本業は研究者で、それを邪魔してはならないのだが、幾ばくかの謝礼を払うと、それでまた読みたい本を読んでいるらしい。相互にメリットがあれば嬉しいことだ。もちろん物理学者である彼にこの世のすべてを尋ねることは不可能だし、専門家同士でも意見が割れることはあるだろうが、「わからないことがたくさんある」という事実を噛み締めながら、誇張や脚色から脱していくことが重要なのだ。こうした科学者との協業が「あたりまえのこと」だと認識してもらえれば、企業の意識、メディアの意識、そして消費者の意識も、少しくらいは変えられるかもしれない。インフルエンサーだなんて呼んでいただけるのであれば、そうした在り方を広めていきたいものである。

「ほしいものが、ほしいわ。」

これは私が生まれた昭和63年、西武百貨店の広告として糸井重里さんが手掛け、宮沢りえさんらが出演した名ポスターのキャッチコピーだ。バブル崩壊の直前、大量生産・大量消費の渦の中で、世の中の濁流に流される消費ではなく、意志ある消費を決定づけたものである、らしい。

私はバブルというものを知らないけれど、いまいる社会は絶望でいっぱいだけれども、それでもやっぱりほしいものは、ほしい。でもモノを欲する前に、消費は不健全になりすぎてしまったのだ。正しいことをする前に、まずはそうした不健全の内訳を冷静に知っていきたいものである。

そういえば、Alla はその後コペンハーゲンに活動の拠点を移した。同じ街に姫岡くんという面白い物理学者の若者が住んでいるよ、と伝えたところ、Alla のパートナーの Vit と3人で会う機会があったそうだ。話は大いに盛り上がったらしいが、物理学者の姫岡くんですら驚くほど、Alla は高度な自然科学の知識を持っていたという。けれども、そこまで真剣に学んできた彼女でさえ、というか学んできたからこそ、本当の意味でエシカルなファッションブランドを営むことは、容易ではないという悩みも持っていた。皮肉なことに、勉強をすれば、上手に生きられる訳ではないのだ。

けれども私は、というよりも私たちの世代はきっと、まったく逆方向を向いた自然の法則と経済の法則をもっと仲良くさせながら、Allaのように本質的な努力をしてきた人が報われる世の中にしていかなきゃいけない。「良いことでは飯が食えない」だなんてつまらない一般論には、さっさと終止符を打たなきゃいけないのだ。

言語の不自由な海外生活において、どれほどInstagramの世話になったかわからない。非言語的なコミュニケーションが成立するプラットフォームで、素晴らしい工芸品や、ナラタ・ナラタのようなお店、そして最愛の親友とも呼べるAllaとの出会いもあった。

そんな恩恵を最大限に享受した上で申し上げるのはいささか恐縮だが、ここ最近のInstagramは残念ながら、信憑性の低い宣伝文句が飛び交うショッピングモールの側面があまりにも強い。

毎朝、DM欄を開くときは憂鬱で、そこには「塩田様　弊社の商品を無料でお送りしますので顔写真と一緒にタグ付けの上、投稿していただけますか？　プロモーションコードはこちらです。売上の幾ばくかが成功報酬としてあなたに還元されます」……という類の連絡が溜まっているのだ。売るべき商品というのは、ときに着圧タイツであり、カラーコンタクトであり、レーザー脱毛器である。ちなみに私の名前は塩田ではなく、塩谷だ。

たまにいじわるな気持ちが芽生え「では、米国まで送っていただけますか？　送料はご負担願います」と返せば、「海外配送には対応しておりません」と言われる。プロフィールにアメリカ在住だと書いているにもかかわらず、それすら読まずにリストの上から順に、大量送信しているのだろう。まともに相手にしていると、感覚がおかしくなってしまう。

もしくは「実際に使ってみて、本当に良いと思ったら投稿したいのですが、ひとまずお借りすることはできますか？　投稿できないと判断した場合は、返品もしくは買取させていただきます」と提案しても、「契約を確定できない方には、商品はお送りできません」だなんて言われてしまうのだ。おそらくプロモーション用にと提供してもらったクライアント様の貴重な商品を無料配布したあとで、「投稿してもらえませんでした」という結果では、マーケティング代理店としての面子が立たないのだろう。

つまり、商品を見たこともないインフルエンサーに投稿を確約させてから、商品を送り、商品を褒め称える文章を投下させ、フォロワーが買ったぶんだけ報酬を振り込む……という仕組みが蔓延しているようなのだ。

けれどもこうした投稿は、クライアント側にとっても、インフルエンサー側にとっても、信頼を目減りさせていくばかりだ。それにまんまと引っかかった消費者が「実際に届いて使ってみたら、宣伝文句と違うじゃない！」と憤ることは目に見えている。三方よしどころか、三方わるしなその仕組みに近江商人も開いた口が塞がらないだろう。

もちろん古来人類の暮らすところには、騙し騙される詐欺まがいの物売りが存在してきたことは承知の通りで、SNS時代に限ったことではないだろう。けれどもここまで下手な手法で商品を売ろうとするなんて、あまりにも構造が脆《もろ》くなかろうかと、心配になってしまうほどだ。もちろん、全てのPR投稿がそのような体《てい》たらく、という訳ではないし、業界健全化のために奮闘しているマーケティング代理店や実直に仕事をしているインフルエンサーもいるのだが。


今日もInstagramのタイムラインには、お買い物情報ばかりが並ぶ。「映え」を徹底的に意識した商品は魅力的に映るけれども、その持続時間はあまりにも短く、3秒後には別の商品に気が移ってしまうのだから儚いもんだ。若者たちの消費スピードは驚くほど早く、ZARAの白いブラウスがSNSで話題になれば、2日後には同じ出で立ちで街を歩く女の子が大量出現してくるのだ。「Z世代（90年代後半から2000年代初頭生まれ）は社会貢献意識が高く、環境問題に積極的に取り組む」だなんて経済誌で伝えられていたのを読んだが、それは一体どこの地球の話だろう？　と頭を抱えてしまいそうになる（その後、ZARAよりも安価でコピー商品だらけのSHEINが大流行している）。

そうした安価な服が速いサイクルで買い取られていく中で、クローゼットに入る服の量には限界がある。そこで良かれと思って古着を寄付するのであれば、行き着く先まで注意を払う必要がある。というのも、主要な寄付先となっているアフリカではもう、服は有り余っているらしい。安価な古着が溢れた結果、現地のアパレル産業は価格崩壊を起こし、捨てられた服の山は長らく放置され、異臭を放っているのだという。それが一瞬であれ心をときめかせた洋服たちの末路だというのは、あまりにも悲しい。

もちろん、動物や自然の声なき声を代弁しようと、Instagramにて環境問題を訴えてくる若者たちも大勢いる。二階堂ふみさんなどの著名人も、アクティビストとしての活動に踏み切っている。

けれどもプラットフォームそのものが、ユーザーの商品購入によって収益性を高めようとしていることは誰の目にも明らかで、次々とショッピング機能ばかりが追加され、広告の比重が増していく。動物や自然を代弁した小さな声は、消費に夢中な若者たちのタイムラインまでは届かない。ソーシャルメディアのアルゴリズムは、興味のあるものしか目の前に運んできてくれないのだから。

こうした悪しき経済圏の一端が、毎日何通も届くDMで垣間見える中、あぁ憂鬱だと落ち込んでいてもしょうがない。そこで私はここしばらく、真のお買い物好きとして、ごく小規模なレジスタンスを実行している。

まずはPR投稿のお問い合わせに対して、「廃棄問題に対して危機感を抱いておりますので、短期での大量消費を促進するお仕事はお受けできません」ときっちり理由を述べること。もちろん人間の営みであれば大なり小なり自然の資源をお借りすることにはなるのだが、そうした自覚を持って、自然への還元まで設計されたビジネスモデルだって存在する。けれどもそんな現実は知らぬ存ぜぬで、ただただ人のコンプレックスや欲望を刺激して、短いサイクルの消費を掻き立てようとするものならば、上記の理由をお伝えした上でお断りしている。

するとマーケティング代理店の担当者にはびっくりされてしまうのだが、中には「この商品に使われている素材を調べてみたのですが……」とより踏み込んだお返事をくださる方もいる。そして最近は商品のほうが環境に配慮された、いわゆる「エシカルな」ものも雨後の筍のように増えてきた。

もっとも、今日日《きょうび》の巷にあふれる「エシカル」というトレンドワードに対して、多くの環境活動家たちが眉唾ものに感じるのは必然で、そこには数多のグリーンウォッシュが含まれている。私自身、そうした肌触りの良い言葉に騙されてはいけないと、常に科学者の知恵を借りてその信憑性を精査しているのだけれども。

しかし、なにかしらのアイコンやキーワードと共に価値観を普及させる……というトレンドの力は時代の価値観までもつくり上げてしまうのだから、トレンドに敏感な世界で働く方々とのコミュニケーションを諦めてしまってはいけないと、今日もせっせとInstagramのDMに返信を送るのだった。

お次は、インターネットで買った生活用品や、誰かからもらった贈り物。それらがどれほど魅力的で素敵な包装紙に包まれていようとも、絶対にSNSには投稿しないぞ、という断固たる抵抗運動。……あまりにも小規模なレジスタンスである。

「SNSでシェアされるために包装紙をかわいく！」という手法はいまや鉄板となっているし、数年前の自分であれば、かわいい包装紙を喜んで撮影してからInstagramにアップし、また何かに使うかもしれないとコレクションしていたのだけれども。

ブルックリンのウィリアムズバーグにあるPackage Free Shopという、その道では有名な店を訪れて、私は「環境問題に熱心な同世代」のアプローチ方法に驚いてしまったのだ。その店を営んでいるのは、起業家でありインフルエンサーのローレン・シンガーさん。1991年生まれの彼女は、経済誌で言われるような「ミレニアル世代の社会起業家」を体現しているような存在だ。

環境問題に目を向けたとき、あれもダメ、これもダメ、とどんどん既存の営みを否定してしまい、最終的には文明社会から距離を置いて自給自足するしかないのでは……？という極論に至ってしまうこともある。けれども彼女は、都会の高層住宅に住みながらも、“Zero Waste”というゴミを出さない暮らしを実践し、その様子を仔細に伝えていいように、リサイクル可能なステンレス製のカミソリの剃り心地、ゴミの出ない生理用品としても注目を集めている月経カップの使い方、そして女性の性生活を充実させるための「土に分解される」セルフ・プレジャーグッズに至るまで！

彼女の経営するPackage Free Shopは、入店するや否やこんな標語が飛び込んでくる。

平均的なアメリカ人は毎日4・5ポンドのゴミを出しています。

それは毎年、4500万頭のゾウを埋め立て地に投げ入れているようなものです。

The average American produces 4.5 pounds of trash each day.

That's like tossing 45 million elephants into landfills each year.

ガツンと頭を殴られたような感覚になってしまうかもしれないが、店員さんはみな気さくで、そこにある商品がどこから来たのか、そしてどう捨てれば良いのかというところまで、笑顔で教えてくれるのだ。そこで何を買ったとしても、もちろん余分なパッケージはない。いまある消耗品を使い終えた後にPackage Free Shopで少しずつ買い換えていると、気づけば生活する上での荷物やゴミがぐっと減り、どんどん身軽になってくるのだ。最近では、Zero Wasteとまでは言えないが、「ゴミを出来る限り減らすゲーム」を心から楽しんでいる。

ただ、丁寧に包まれた物を見ると、過剰だなと思いながらも、物を敬う心も感じる。西洋的価値観では物は物でしかないと捉えられているところが多いが、八百万の神々がそこかしこに生息している日本では、物を乱雑に扱えば祖母や母から「○○の神様に怒られるよ」と窘《たしな》められたものである。投げるように商品を置くアメリカのグローサリーストアとは対照的に、「コトン」とジェントルに商品を扱う日本のコンビニを利用すると、その丁寧さに感動してしまう。そしてうっかりしているとご丁寧に個包装をしてくれるので、「あ、いらないです！」と慌てて止めるのだ。

そうした「包む」「隠す」文化が育まれているこの国で、包装を過剰だと引っ剝がすのは、勇気のいることかもしれない。けれども一人が声を上げると、「私もそのほうが良いと思ってた！」と続けて声を上げてくれる人も出てきたりする。そして実は、客側も、店側も、「過剰だなぁ」と思っているのに、互いが言い出さないままなので、過剰包装文化が終わらない……といったこともあちこちで起こっていそうなものだ。

大阪に木村石鹸という、大正13年に創業された老舗メーカーがある。先日、同社の人気商品であるシャンプーがあまりに過剰包装だとツイッターで怒られていたのだけれど、そんな指摘に対して「正直、包装に気合を入れすぎて、やりすぎだったと反省しています！　確かに過剰包装なので、現在の在庫がなくなり次第、簡易包装に切り替えていきます……！」という類のことを、公式アカウントや社長自ら発信していた。そして後日、本当に簡易包装に切り替わったのだ。

そして過剰包装をやめることで、製造効率は抜群に上がったらしい。けれども商品の品質が高いので、懸念していた口コミの減少はまったく起こらず、売上が落ちるということもなかったそうだ。さらにはプラスチック容器の在庫分を販売し終えたタイミングで、バイオマス原料30％使用の容器へと切り替えを予定しているそうだ。「来年には対応できるようにしたいと思ってるんです！」と、なぜか木村石鹸の社長自ら、私に報告してきてくれた。

聞けば、私の日頃の発信をかなり熱心に見てくださっているらしく、影響を受けていると話してくれた。環境問題という大きな課題を前にして、自分一人にできることなんて限られているでしょうと途方に暮れてしまうこともあるのだが、これを聞いて嬉しくなった。私の小さなレジスタンスは、思わぬところで成果を出しているのかもしれない。

50歳の私へ

まだ我が家にパソコンがなかった頃だから、あれは7、8歳頃の記憶だろうか。1999年7の月に地球が滅亡するというノストラダムスの大予言に怯えていた私は、毎晩眠りにつくまで付きまとう死の恐怖を紛らわすために、ラジオを聴くのが日課だった。小さなベッドの枕の横に、おさがりの青いラジカセをぴたりと置いて、チューナーをくるくると回していく。そしてできるだけ明るい話をしている局を探して止めるのだ。ノイズまじりであればアンテナをピンと伸ばして、深夜ラジオ、ラジオドラマ、落語に音楽……姉たちを起こさないように小さな小さな音で、いろんな番組をこっそりと楽しんでいた。ラジオは私の親密でひそやかな友人だった。

数年後、中学生になった長女が「FM802が一番イケてる」だなんて豪語してくるもんだから、そこからは白昼堂々と、CDコンポからFM802を流すようになった。これまで聞いていたしっぽりとした他のラジオ局とは明らかに異なり、若者のための、最高にかっこいい選曲ばかりで驚いた。"FUNKY MUSIC STATION FM802" というジングルが流れるだけで、大阪郊外の子ども部屋にだって、雑多なCDショップの空気が雪崩《なだれ》込んでくるのだ。アイドルグループばかりがゴシップ的に取り扱われるテレビの音楽番組とは一線を画していて、知らないミュージシャンの曲がたくさん流れてくる。DJたちは大阪・南森町のスタジオから軽快な大阪弁トークを繰り広げ、いつしか身近な憧れの存在になっていた。次女がFM802のとある番組宛に送ったFAXが選ばれ、DJマーキーと電話が繋がったときは、家族みんなで大興奮したものだ。

うちの近所にある万博記念公園は、いつもはだだっ広い空間に太陽の塔がぽつりとそびえ立っているのだけれど、年に一度は大きなお祭りが開催される。万博公園お祭り広場はFM802が主催するミートザワールドビートというフェスの開催地となり、著名なミュージシャンが国内外からやってくるのだ。チケットの倍率はあまりにも高く、そうそう中に入ることは叶わないのだが、風向きによっては部屋の中まで届いてくるJUDY AND MARYやウルフルズの歌声を楽しんだ。退屈な千里ニュータウンの暮らしであれ、FM802にチューニングをあわせれば刺激的なものに変わるのだ。

そんな日々を送っていたのに、大学生になりiPodを手に入れてから、ぱたりとラジオを聴かなくなった。それにもう、刺激的な世界の情報は全て、ソーシャルメディアが運んできてくれるのだ。FAXを何枚も何枚も送ってやっと読んでくれるラジオ番組とは違って、もっと近く、もっと直接的に繋がることができるソーシャルメディアの虜になった。当時の私はアートフリーマガジンをつくってあちこちに配り歩いていたのだが、物理的な紙の重さに耐えかねて、「これからはデータの時代だ」「インターネット産業しかない」と口先ばかり達者な大学生になり、就職先を思案した。そしてアートや音楽の情報をインターネットで発信する、原宿にあるCINRAという若いベンチャー会社から内定を獲得した。

そうして東京行きが決まっていた大学4年の秋、面識のあるFM802のあるプロデューサーから、突然の連絡が来たのだ。「しばらく、ウチで働かへんか?」断っておくと、私は大学3年の頃に半年休学していたので、そこから卒業して上京するまで残り1年半の猶予があった。比較的暇になるであろう大学5年の1年間を、FM802のアルバイトスタッフとして働かへんか？　というお誘いだった。

その配属先はラジオ局やフェス会場ではなく、アートギャラリーだ。FM802には、著名なイラストレーターやアーティストを多数輩出してきたアート事業部があり、そこがまったく新しいアートギャラリーをつくるから、オープニングスタッフが必要だと言われたのだ。場所は2011年の春にオープン予定であるJR大阪三越伊勢丹のメインフロア。最高に刺激的なバイトじゃないか！　と、時給を聞く前から二つ返事で快諾した。

京都郊外での大学生活はまるでセピア色だったが、大都会梅田の真ん中で、お洒落な販売員やフレッシュなアートに囲まれて働く仕事は、大学最後の1年を文字通り色鮮やかなものにしてくれた。それまで手を出してきた全てのアルバイトでは自らの処理能力の低さを目の当たりにするばかりで、どれもこれもまったく続かなかったのに、これに関しては天職かもしれないと思えたほどだ。大学生アルバイトとはいえ、ほぼ常勤。バックヤードでの在庫管理や配送方法なども仲間たちと試行錯誤しながら改善しつつ、「店頭にいます！」とツイートすればいつも誰かが遊びに来てくれる。中でもチアキコハラというアーティストの個展は最高にエキサイティングで、彼女とは仕事終わりのお好み焼き屋で、何度も大きな夢を語り合った。

「コイツは塩谷ゆうてな、美大生でオモロイことやっとってんけど。来年にはウチなんか辞めて東京のITベンチャーに行きよんねん！」

プロデューサーが誰かに私のことを紹介するときはいつもこんな調子で、冷やかしと皮肉が綯《な》い交ぜになっていた。私の内定先が運営するCINRA.NETというカルチャーメディアは、FM802と同じインディーズ音楽や若手のアートを取り扱うために広義でいえば「競合」となるかもしれないが、こちらはラジオ、あちらはインターネット。これからどちらが成長する産業か？　という設問が試験に出題されたなら、ラジオと回答する人はいないだろう。

ときどき南森町にあるＦＭ８０２の本社で作業をすることもあったのだが、壁にはずらりと「京阪神エリアで22年連続№.１!!!」というポスターが掲げられていた。ＦＭ８０２が生まれたのは平成元年。スタート当時はファンキーなロゴステッカーを配って社会現象を巻き起こし、「ロックしか流さない」という偏ったプライドを持った彼らは異端のラジオ局だったらしい。たちまち若者たちの知るところとなり、熱烈な支持を集め爆速で京阪神の覇者に登りつめた歴史があるのだが、それは昔。私が働いていた頃のＦＭ８０２は、なだらかな首位独走が続いている状態だった。

新しいラジオ局を立ち上げる人は見たことがなかったが、新しいＷＥＢメディアは群雄割拠の勢いで生まれていた。もはやインターネットでは、動画や音楽だって視聴できる。試合をする土俵は変わっているのだ。京阪神№.１だなんて言われても、東京に行けば電波すら届かない。インターネットなら世界と繋がれるというのに！　№.１!!!のポスターが飾られた会議室でひたすらアートの梱包作業に従事しながら、そんな生意気なことを考えていた。

技術の進化によるメディアとプレイヤーの移り変わりは、いつの時代も繰り返されてきたことだ。たとえば１９５２年の名画である『雨に唄えば』では、サイレント映画の終焉とトーキー映画の幕開けの摩擦が描かれている。

サイレント映画があたりまえだった頃。フィルムに音を付けるトーキー映画が生み出されたが、業界関係者には下品だなんだと嘲笑されていた。けれども大衆の心をしっかり掴み、たちまちハリウッドにもトーキー映画の波が押し寄せてくる。それと同時に、キャリアのある大物俳優たちも「声」と「歌」を求められるようになったのだ。

それまで銀幕の大スターであったリナ・ラモントは、飛び抜けた美貌を持ち、名声も確立されていた。しかし残念ながら、美声には恵まれなかった。滑舌の悪い声は甲高く響き、歌を歌おうにも見事な音痴だ。

危機感を抱いた大女優のリナは、美声を持った駆け出しの女優キャシーに目をつけ、彼女を自らの「アフレコ専用の人材」として裏方に徹させようとする。

「私は大統領よりも稼いでいるんだからね！」

「私が出れば次回作も稼げるのよ！」

「私と無名の若手女優、どっちが大事なの!?」

……と、権力を駆使してはキャシーのデビューを阻止し、映画界の頂点に居座り続けようとするのだった。しかし、周囲は大女優よりも、トーキー映画の世界でスターとなるポテンシャルを秘めた若いキャシーに味方する。結果、大女優の名声は地に落ち、キャシーは新時代の寵児となるのだ。

２０１２年、皮肉と共に大阪を送り出されながら東京のITベンチャーに就職した私は、ときどき潰れそうになりながらも、着実にインターネットとWEBサイトにまつわる技術を身に付けた。そうした技術力を武器にして独立した２０１５年頃には「期待の新人」「SNS時代のプレイヤー」としてさまざまな媒体が取り上げてくれたのである。メディアの世界に進みたいと就職先を迷う中で、権威ある出版社ではなく、ブランド力のあるラジオ局でもなく、WEBメディアの世界を周囲に反対されながらも選択したのは大正解だったと、過去の自分を褒めそやした。

そうしたとき、たまたま名画特集に流れてきた『雨に唄えば』を観たのだが、時代の追い風に吹かれて舞い上がっていた私が自己投影するのは無論、新時代の担い手であるキャシーのほうだ。プライドを捨てられない大女優のリナはあまりにも哀れで、ああした老害になってはいけないと感じたものだ。

けれどもインターネットの流れは、映画の流れよりもずっと速い。注目してもらった翌年にはもう、私は「期待の新人」枠からは外されていた。そして雨後の筍のようにWEBメディアとWEBライターが増え、と思えば動画クリエイター戦国時代とも言われ、TikTok にも Instagram にも私が私がと主張する声がひしめき合い、常にU25の若手がチヤホヤされる。そうした流れの速い濁流に掻き消され、この世界では若さと目新しさだけが評価されるのだなと不貞腐れていたところ、とある記事が流れてきたのだ。

「在学しながらホテル経営！　ホテル王を目指す東大女子・龍崎さんに迫る」

若干煽《あお》り気味のタイトルの記事だが、記事の内容にはあまりにも大きなカルチャーショックを受けた。まだ10代である龍崎翔子という若者が、東京大学に在籍しながら、最初はAirbnbなどのインターネットサービスを駆使してとっかかりをつくり、その当時既に北海道と京都に2館のホテルを経営しているという。彼女の口から語られている夢の大きさに驚愕し、嫉妬なんてゆうに飛び越え、たちまちファンになってしまった。突如彗星のごとく現れた8歳下のホテルプロデューサーに、私は自分たちの時代の終わりと、新しい時代のはじまりを同時に感じたのだ。

私の世代の多くはきっと、外に出せない気持ちを吐露するメランコリックな場所として、インターネットの世界に夢中になった。90年代、掲示板やテキストサイトに集まっていた若者たちがそれなりに社会性を身に付けて、その後WEBメディアや、ネット広告や、WEBデザイン業界を構成する一員となっていったのだ。私の就職先であるCINRAでも、90年代インターネットカルチャーに浸っていた人が大多数を占めていた。

私たちの目的は、インターネットそのものだった。

けれども下の世代にとってはもう、インターネットはインフラだ。蛇口をひねれば水道の水が出るのと同じように、スマホがあればネットに繋がる。水道そのものの珍しさや機能性に一喜一憂していた世代とは明らかに違い、そこから出る水道水を使って、スープをつくるのか、樹を育てるのか、それとも人命を助けるのか……そんなところまで視野が広がっていたのである。

その後、私と翔子ちゃんは友人となり、いくらか年長者である私はインターネットの使い方を彼女に教えた。すると彼女は水の使い方をすぐに学び、さらに大きな世界を創造していく。絶望的なニュースばかりが報じられる日々の中、彼女の飛躍を見守ることは、希望でしかなかった。

コロナウィルスの影響で観光産業が厳しいとなれば、即座に彼女はホテルの感染症対策を徹底し、帰宅困難者のためのシェルターに変えた。ＧｏＴｏキャンペーンの概要がわかりづらいとなれば、すぐさま資料を詳細に読み解き、同業者向けにオンライン説明会を実施した。そしてついには、国の有識者会議に呼ばれるほどにまでなっていた。

翔子ちゃんとはもう、何度も夜通し語り合っているのだけれど、知れば知るほどに彼女は倫理的で聡明、謙虚で強く、そして弱い。内側の弱い部分を友人として共有したいし、外側の逞《たくま》しく進んでいく姿には最大・最高の敬意を表したいのだ。

彼女のような歳下の友人たちは、私に次の夢を持たせてくれた。それはプレイヤーとして隠居したあと、寮母になることだ。

昭和な響きだと思われるかもしれないが、私は50歳で寮母になるのが夢なのだ。というのも、これまで数多のスターと呼ばれる人をインタビューして、記事にしてきたけれども、彼ら彼女らは誰一人残らず、表に出せない弱い部分も持っている。そして起業家であれ、アーティストであれ、表に立つ人たちの精神的負荷は必要以上に重いものだ。SNSなんて使えばなおのこと。なのにずっと、表のキラキラした面ばかりを取り上げて記事をつくってきたことに、少なからず罪悪感を抱いていた。

ニューヨークで暮らす中で、歳下の友人がぽつりぽつりと我々を頼って泊まりに来てくれるのだが、彼女らは到着するやいなや、とても大きな夢を語ってくれる。けれども何日も一緒に過ごしていると、次第に内側にある大きな不安も口にする。メディアであれば華やかな成功かどす黒い不祥事しか取り上げないけど、時代をつくる人たちが、弱さや不安を和らげる場所はもっとあっていい。そうした寮を営みたいのだ。

そういえば、私が22歳の頃に「ウチで働けへんか？」と声を掛けてきたプロデューサーである谷口純弘さんという人は、当時50歳間近であった。親ほどの年齢だとは到底思えないほど、朝から晩まで好奇心に満ちて動き回る谷口さんは、いつだって次世代の才能を探している。FM802の中で彼が立ち上げたアート事業の名前はdigmeout。"Dig me out."つまり「私をみつけて！」という意味だ。

私はアーティストではないけれど、谷口さんに見つけてもらった一人だろう。アートギャラリーで働かせてもらっただけじゃない。私が谷口さんのミクシィアカウントに「美大生向けの講演会をしてください！」とメッセージを送った20歳の頃からもうずっと、谷口さんは私にいろんな人たちを紹介して、刺激溢れる世界のことを教え続けてくれた。

ニューヨークから東京に戻り、そして新大阪駅まで辿り着けば、定年退職した父がプリウスで駅前まで迎えに来てくれている。大きなスーツケース二つをトランクに載せてから後部座席によいこらせと乗り込むと、カーラジオからは懐かしい声が聴こえてくる。子どもの頃から慣れ親しんだFM802のDJたちが、いまでもそこで喋り続けているのだから驚いた。

「802やん。変わらへんなぁ」と私が言うと、「ちゃう、これはFM COCOLOや」と父がすかさず訂正する。

FM802は、2010年頃から大阪のラジオ局FM COCOLOの運営を担い、2012年4月には完全に事業を譲り受けたらしい。そして同じラジオ局の中で、リスナーの層を二つの周波数に分けたのだ。

FM802は若者のためのラジオ局としてスタートしたが、2021年で開局32年。古くからのリスナーはもちろん、すっかり歳を重ねてしまった。そこで同じく歳を重ねたDJたちと共に、年長者からFM COCOLOに移動して、「大人向け」の音楽やトークをのんびり楽しんでいるのだ。そうした1局2波体制の経営方針はラジオ局の成功事例として、ニュースでも報じられていた。

FM802と同じだけ歳を重ねた32歳の私にとっても、FM COCOLOは心地よい。どこまでも懐かしいDJの大阪弁に耳を傾けながら、あぁここは間違いなく私の故郷だと、新大阪から千里ニュータウンに帰る中、後部座席で父に隠れて泣いてしまった。時代錯誤だと思っていたラジオの世界でも、実は大きな経営判断が繰り返されて、美しい成長を遂げていたのだ。

まるで古い友人のような、幼い頃から共に歩んできた大切なメディアがいまでも続いている安心感を、どう言葉にすればいいんだろう。一緒に歳を重ねることが、戻るべき場所があることが、こんなにも慈愛に満ちたものだとは。そんな安心感に包まれながら、将来の夢がもう一つ増えた。隠居だなんて、サポートに徹するだなんて言わないで、50歳になっても、80歳になっても、書くことをやめないでいたい。

5G動画全盛時代、文章を書く仕事は商業的にはどんどん先細りしていくかもしれない。けれども、いまの読者がまた戻ってきたいと思ってくれたときに、空白のぶんだけ歳を重ねて、それでも変わらずに存在しておきたい。寮母になっても、どこで何をしていても、書くことだけはずっとやめないでおこう。

私はすぐに自分で言ったことを忘れるが、はじめての著書にこうして書いておけば、さすがに忘れやしないだろう。

大都市から離れて

ずっと「ここじゃない世界に行きたい」と願って生きてきた。

どこか遠い場所に行けば、この身体に付きまとうぼんやりとした憂鬱からも解放されて自由になれるものだと思っていたのだ。けれども大人になり、遠い都市に、遠い異国に行ったとて、そこでまず出迎えてくれるのは新しい憂鬱だ。もちろん、移動したことで自由になれたと感じる瞬間もあるけれど、しばらくすればそれは現実を見る解像度が低かっただけ、ということに気づくのだ。理想郷を追い求める憂鬱からの解放運動は、諦めたほうが健全らしい。

それでも自分を取り囲む文化や、景色や、常識と呼ばれるものが変わることで、私の視点はあまりにも変わった。29歳、寝ぼけた顔でアメリカに上陸したときは朧《おぼろ》げな夢ばかりを見る夢想家だったのに、たった3年の歳月をこの場所で過ごしただけで、すっかり現実社会を憂うリアリストになってしまったのだから。もっとも、警鐘のサイレンが鳴り続ける中で、夢から醒めないでいるほうがむずかしい。

とはいえほんの少し前までは、ねぼけた顔をしていたのだ。過剰な刺激に心はあまり慣れておらず、疲れてしまったらいつも故郷の音楽に身を浸す。YouTubeで高木正勝さんの『大山咲み《おおやまえ》「めぐみ」』を再生すれば腹の底から元気をもらえるし、LUCAの『摘んだ花束 小束になして』という民謡集は心を湯たんぽのようにぬくめてくれる。そうした曲ばかり聴いていると、アルゴリズムのほうが気を利かせて、おすすめ欄が民謡のようなものに染められていくのも面白い。

故郷の父や母を想う唄を聴けば、なんだか妙に染みてしまうのは遠い国にいるせいだろうか。昔から働き者だった私の母は、還暦を超えた今も毎日朝から晩まで白衣を纏《まと》って薬局で働き、地域の患者さんたちの健康を支えている。数年前に定年退職した父のほうは、通勤するでもないのに毎朝5時には起きて、自治会の会合に出席し、祖母の介護をしながら庭の草花に水をやり、私宛ての税務書類が届けばすぐに報告してくる。「真面目が一番。真面目にやってたら人生、そう間違いは起こらへん」というのが、両親から聞かされた数少ない教えの一つだった。

そうした生き様を間近に見て育ったにもかかわらず、私は何度も目の前の退屈に飽きてしまい、淡い期待だけを持ってさらなる大都市へと移動してきた。それでありながら、変わらぬ故郷で暮らす両親を想ってナルシスティックな感傷に浸ってしまうのだ。なんて身勝手な娘なのだろうと我ながら呆れてしまう。

私は幾度となく故郷を「何もなく、退屈で、刺激のない町」だと書き、そこから離れれば自由になれると遠くまで来たのだけれど。そうした突発的な衝動はもちろん、そこで生き続ける人たちがいるからこそ、実現できるものなのだ。全世界の人類が突然好き勝手に移動したならば、世界はすぐにその形を保てなくなってしまう。

そんな故郷の千里ニュータウンに2014年、ippo plus（イッポ プリュス）という小さなギャラリーが誕生していた。ギャラリーといっても、それは住宅街に連なる民家のうちの一軒で、玄関では他の家でもそうしているのと同じように、まずは腰掛けて靴を脱ぐ。そして縁側のある居間へとお邪魔するときには、思わず「ただいまぁ」と言ってしまいそうになる。

広い居間は、年に数回のゆったりとしたペースで展示空間へと姿を変える。展示されるのはアートや工芸、洋服や石ころとさまざまで、それらの物たちは「この世で、こんなに美しいものはない」という最大の礼讃を受けながらそこに並べられる幸せ者ばかりだ。

ギャラリストの守屋加賀《かが》さんは、ものが発する「小さき声」を、誰よりも繊細な聴覚ですくいあげているような人だ。美しくあることについてあそこまできまじめに、けれども無邪気に、心を尽くしている商売人を、私はいまだかつて見たことがない。

そんな彼女の「普通ではない」ほどの愛は、Instagramを伝って溢れだし、何もないはずの千里ニュータウンの住宅街に、信じられないほどたくさんの客人を招き入れるようになった。ippo plusに辿り着くには、阪急電車のローカル線に長らく揺られて、何の変哲もない最寄り駅から徒歩10分。住民以外が足を運ぶような立地ではないというのに、個展を開けば日本中、世界中から大勢の人が足を運んでいるのだ。はじめてその景色を目の当たりにしたとき、地元民である私は心の底から驚いた。そして、集まる人たちの静かな熱狂を見ていると、「何もない街なんて、ひとつもないんだ」と、考えを改めざるを得なかったのだ。

ippo plusには、守屋加賀という人がいる。まず彼女がいるだけで、その空間には価値がある。それと同じように、どこに行っても、少なくとも自分は存在しているのだ。まずは自分がいるのであれば、何かを考えられるし、空間に手を掛けてやることもできる。そこに誰かを招けばもう、立派な観光地じゃないか。

そうして思い返してみれば、これまで深く記憶に残る会話をした場所はおおよそ、都会から遠く離れた場所ばかりだった。たとえば京都市北部、雲ヶ畑という山の中に住んでいる日本画家の服部しほりちゃんの家に招かれたときや、京都と兵庫の県境にある音楽家の高木正勝さんの家に伺ったとき。山と、古い家と、そこで暮らす人の空気を浴びれば、こちらの心も童心に返り、帰宅時間なんてすっかり忘れて、あれこれとお喋りに夢中になってしまったのだ。無論、そうした田舎暮らしをする芸術家が、現世とのかかわり合いを一切断っているという訳でもない。インターネットが、水道管以上に張り巡らされたいまの時代。大都市とそれ以外の場所の性質は、随分と変わってきている。もっとも、大都市のほうが暮らしていくのはずっと簡単で、どんな個性でも受け入れられるようにインフラは整備されている。一方、大都市から離れた場所でうまくやるには、確たる信念や人間力が必要なのだ。人間をちゃんとやっていく。それは本当に高度な営みで、大都市の利便性にすっかり甘やかされた私には、なかなか難易度が高いことだ。都会から離れることをいまだに「都落ち」だと揶揄《やゆ》する人もいるけれど、いまの時代は「都上がり」と言ったほうが相応《ふさわ》しかろう。

2020年8月、2年間住んだブルックリンのウィリアムズバーグにある高層住宅を離れることになった。流行の発信地でもあり、いつでも誰かとふらりと出会うことのできる、とても刺激的な街ではあったが、同時にあまりにも賃料が高かった。さらに2020年に入ってからは、「仕事、また中止になった」という夫の報告を何度耳にしたことだろう。大疫病は人の健康を蝕《むしば》む上に、芸術に触れる機会を奪い、そこで生計を立てる人たちのお財布をすっからかんにしてしまった。

無い袖は振れないのだからと、家賃の予算をうんと下げて、ニューヨーク州のお隣にあるニュージャージー州に引っ越した。ハドソン川の対岸に聳《そび》えるマンハッタンは近くて遠い場所になり、こちら側は家と雑木林、そして開発途中の空き地ばかり。徒歩で辿り着ける商業施設は、大型スーパーとスターバックスコーヒーという、実にありふれた郊外の風景である。

けれども、夏の夜には虫の声が聴こえるし、秋は目の前の樹が燃えるように染まる。リスや鹿もやってくる。コロナウィルスの第二波に耐えなければいけないこの冬はあまりにも憂鬱だけれど、ここから見える雪景色でいくらか心は和らぐだろう。

のんびりとした空気の中で、川沿いを散歩し、たまに徒歩圏内の大型スーパーで食材の買い出しをするだけの地味な日々。マンハッタンに出かけるのは月に一回くらいになったけれど、最近の私といえば、外からの刺激は月に一度でも多すぎるくらいなのだ。あとは家の中でもぐらのように過ごし、あれやこれやと悩みながら、文章を書くくらいがちょうどいい。刺激は自分の内側にも満ちていて、そっちを追いかけているほうがうんと高揚感に包まれることに気づいてからは、何かを求めて都会に出る回数も減っていった。

そういえば、目新しいものは何もないと思っていた徒歩圏内に、まもなく小さなベーカリーがオープンする。といっても個人が始めたデリバリー専門店なのだが、Instagramでその情報を知ったときは歓喜した。だって、パンやお菓子を焼いているのは韓国からやってきた女性で、私は彼女のタイムラインに溢れる韓国料理を以前から味わってみたかったのだ。パンと一緒にスンドゥブチゲも頼めないかしらと尋ねてみたところ、あなたの家まで持っていくわ！　と答えてくれた。文字通りスープの冷めない距離に、ご近所さんが見つかった。

ippo plus のギャラリストである守屋加賀さんも、朝早くからたくさんのパンをつくり、宅配に回るパン屋としての顔も持つ。彼女のつくる天然酵母パンのファンは多く、私の母もそのうちの一人だ。だから私は子どもの頃からずっと、加賀ちゃんのつくったパンを食べて育った。それらは市販のものよりもうんと分厚い皮に包まれていて、乳歯が生え変わる時期の子どもには少し硬い。それでも噛んでいるうちにじんわりと甘みが広がってきて、それが最高に美味しいのだ。加賀ちゃんがパンとハムを持ってきてくれた日は大喜びで、姉たちと取り合いになったものだ。

数年前からギャラリストとしても活動を始めた彼女は、周りがびっくりするほどの情熱で美しい景色をこしらえ続け、いまでは多くの人たちが知る存在となっている。これほどまでにギャラリーが軌道に乗っているというのに、どうして彼女は、体力勝負でもあるパン屋の仕事を続けるのだろうかと聞いてみた。

「だって、欲しいって言ってもらえるからねぇ」

加賀ちゃんはそう答えて、常連さんたちの話をした。その常連さんというのは私もよく知っている、地元で暮らす顔なじみのおばさんたちだ。彼女は美意識を通して世界中の人と繋がる一方で、地域の共同体で暮らすという役割もずっと担い続けている。なんて美しい生き様なんだろう。

私の故郷はニュータウン。高度経済成長が生んだ、合理的で、計算された、穏やかな平和を愛する場所だ。そんなつくられた町は、退屈でつまらないと飛び出した。けれども故郷をつまらなくしていたのは、「ここには何もない」と諦めていた自分のほうだったらしい。

世界のどこに行ったって、自分のために用意された理想郷は存在しない。だったら自分でやるしかない。内側の声に、そして地域の声に耳を傾け、自らの手で小さな理想郷をこしらえていく。それが一番まっとうで、真面目で、美しい在り方なんだろう。そうしてできたものをインターネットに乗せてあげれば、「ここじゃない世界」はあちらから、いまいる場所までやってきてくれるのかもしれない。

あとがき

生まれてこのかたずっと不況、なだらかな日本の終焉を眺め続けてきた私たちの世代は、知らぬうちに「ゆとり世代」と命名され、平和で物わかりの良い子どものような大人として、危険視もされなければ、注目もされてこなかったように感じています。異議を唱えず、小さな幸せを愛でることこそが幸せだと、そうした空気に包まれて育ってきたものです。けれども、その小さな幸せは、ほんとに身を委ねられるほどのものなのでしょうか？

この本に収録されているエッセイの執筆期間でもある平成の終わりから令和初期にかけて、世の中は大きく揺さぶられるばかりでした。#MeTooに端を発したフェミニズム運動、崩れるマスメディアへの信頼、北欧の少女から始まった大量生産・大量消費社会に対するストライキ、全世界に蔓延するコロナウィルスと浮き彫りになる人種格差、募る社会不安と福祉国家への憧れ、そして世界を真二つに分けてしまった2020年の大統領選――。

このあとがきを書いているのは、2021年1月11日。日本で新型コロナウィルスの感染が報じられてからまもなく1年が経とうとしている成人の日。各地で式典が中止になったというニュースが流れている中、私は一時帰国者に課された自主隔離期間でありまして、東京にいながらもその街並みを目の当たりにすることもなく、ソーシャルメディアだけが現実を映す鏡のように思えてくる摩訶不思議な日々の渦中です。その鏡を覗けば、アメリカ連邦議会議事堂ではトランプ大統領の呼びかけで集まった支持者たちによる襲撃が最悪の結末を迎えてしまったことを知り、しばらくは言葉を失ってしまいました。

そこで恐ろしく感じるのは、事件はもちろん、ここから見えている景色の実態のなさ。報道は間違いなくノンフィクションなのに、家の中からスマホを通して見ていると、にわかに現実だとは信じられないのです。そうした実態のなさが、想像力を欠如させ、世界を徐々に生きづらい場所にしているのかもしれない。手のひらの中で、誰かを傷つけることも、暴動を促すこともできてしまう。いちインターネット産業従事者としては、愛用してきた道具の恐ろしさを前に、そこで活動してきた過去も含めて全部手放したくなってしまいます。

けれども、ここまで散々ひとり語りしてきた通り、インターネットの世界の中には、美しい数々の出会いがありました。この本に出てきた登場人物のほとんどが、実態のない世界に漂う共感だけを頼りに出会った仲間たちです。この本も、編集者の山本浩貴さんが私の note でこっそり続けている『視点』というマガジンに出会ってくれたからこそ、こうした実体を伴って生まれたものです。

もしもインターネットがなかったら、これほどまでに共感しあえる出会いとは無縁であったことも明白で、だからやっぱり投げ出さずに、インターネットへの愛と憎しみを共に抱きしめ叫び続けていきたいと思ってしまう。そうして足掻《あが》くことで、少しでも自分の住む世界をマシにできるのであれば、力の限り叫んでやろう。そう決意して、こうした本を書かせていただいた次第です。絶望も喜びも綯い交ぜにして——。

10歳の頃からインターネットにどっぷり浸り、デジタルの合理性を好んできた私ではありますが、速すぎる時代の流れの中、速さで対抗することばかりが良策だとは思えません。叶うならば、静かな声が届くよう、静かな空間でゆっくりと話をしてみたかった。

紙の本であれば、そうした願いにぴたりと寄り添ってくれるのではないかと探り探り本書を書きはじめたのですが、推敲する度に新たな発見をしては興奮し、いまでは書き終えるのが惜しいほど。こうした場所でもっと書いていきたいという欲求ばかりが渦巻いています。機会に恵まれればまた次の紙媒体で、もしくは実態なき混沌の世界の中で、お会いできれば幸いです。

文庫あとがき

「文庫化が決まりましたよ！」という報せを電話で受け、「ほんとですか、ありがとうございます」と答えながらも、複雑な気持ちが湧いていた。過去の自分を振り返るときはいつだって苦味が伴うが、本書の執筆期間である２０１８年から２０２１年の年明けまでは、私の人生の中でも極めて不安定な３年余りだった――と認識していたからだ。

まずは言わずもがな、疫病や人権運動などが世界を包んでいた時期であり、そうした大きな波に揉まれながらも、なんとか自分の心を落ち着けようと言葉を綴っていた記憶が蘇る。それに加えて、初めての海外生活、初めての結婚、初めての本の出版……と個人的にも初めて尽くしの歳月であり、それらの新鮮な体験は私の日常や常識を大きく揺さぶっていた（「初めての結婚」と書いたのは、その後離婚を経験することになったからであり、そうした意味でも非常に、苦い）。

多くの読者は『ここじゃない世界に行きたかった』を穏やかな本として受入れてくれ

たようだったけれど、実のところは嗚咽しながら、もしくは絶望の果てに自分を説得しながら書いていた文章も多数……という裏側を知っている身としては、あらためて対峙するにはそれなりの勇気が必要だったのだ。

ただ腹を括って過去の文章を読み返してみると、今の私には思いつきもしないような表現がぽんぽんと飛び出していることには少し驚いた。これは執筆時の不確かな立場が、想像力の蓋を最大限に開けてくれていたからなのかもしれない。本書の表題作でもあるアイルランド紀行にて、「ケルト民族は心になんの傷を受けるまでもなく、幻視家なのである」というウィリアム・B・イェイツの言葉を引用しているけれど、「傷を受けるほどに幻視家になる」という論を前提にするのであれば、当時の私は大いに幻視家であったはずなのだ。29歳で住み慣れた母国を離れ、行く先々で驚いたり傷ついたりと忙しなく過ごしながら、言葉を探し続けていた日々——。ここに収録している文章には、夢見がちな人間特有のきらめきのようなものが確かにあり、そうした若い時期を本として残せたことは幸運だったのかもしれない。

同時に2024年の私が本書を読んでいると、「この著者は、必要以上に周囲に配慮しながら言葉を選んでいるな？」と感じてしまうところが多々あるのだけれど、それは執筆時には必要な躊躇《ためら》いでもあったのだろう。

たとえば、私が結婚した2017年当時。女である自分が苗字を変えることに対するモヤモヤや、事務手続き上の不便をSNSなどでつぶやいていると、「思想の強いわがままな女」として批判されていた記憶がある。けれどもその後、著名人の事実婚などが話題となり、2024年の今となっては経団連などが選択的夫婦別姓を法制化するために働きかけていて、時代の空気はかなり変わった。

また2019年、私はユニ・チャームが主催する生理用品に関するキャンペーンに参加した。当時そのプロジェクトは「恥知らずのフェミたち」が先導しているとネット上で激しく批判されたのだけれど、その翌年に同プロジェクトがメンバーを変えて再稼働した折には、批判の声は激減。さらにその後、「多くの人が自分らしく過ごせる社会の実現に貢献した」といった理由で、複数の広告にまつわるアワードを受賞するまでに至っていたのだ。

つまり本書を執筆していた頃の私にとって、女であるからこそ遭遇している社会的・身体的な不具合について言葉にして伝えることは、今よりもずっと大きな勇気が必要だった。ただ、強い言葉を並べることで二項対立を招いてしまうのは本意ではない――という気持ちから、かなり慎重に言葉を選ぶようにしていたのだろう。だから2024年の今読むと少々まどろっこしく感じる表現もあるかもしれないが、それは時代の空気が変わった証とも言えるだろう。

もちろん今だって、女だからぶつかってしまう壁は各所にある（むしろ30代半ばになりその壁はより高いものになっている）のだけれど、35歳の私はそうした不自由を言葉にして伝えることに大きな躊躇いはないし、当時ほどのバッシングも飛んでこない。それは、若い女性のほうが叩きやすいから、批判対象がより若い子に移っただけ……という残念な事実もいくらかはあるのだろうけれども、それでも社会の変化は大きなものだろう。昔の人は「十年一昔」と言ったけれど、SNS時代の今は「三年一昔」くらいが適切だよな……と、3年前に自分名義で出された本を、まるで他人が書いたものであるように新鮮な気持ちで読みながら思うのだった。

ところで、読み返していて一番苦笑してしまったのは、渡米という大きな決断の場で「しいたけ占い」に背中を押してもらっていた箇所である。なんて青く、無計画なのだろうか！　そして「多少壊れてもいいからやってみよう」というしいたけの言葉は的中し、私の生活は見事に崩壊。ただ不幸中の幸いか、「ひとまずいろいろな体験をしてから自分自身でやるべきことを決めていこう」というアドバイスもしっかり活きていて、私は辛酸を嘗め続けたアメリカ生活を経て、人生をかけて実現させていきたい目標を見つけることが叶った。向こう見ずな挑戦が、想像を超えた気づきを与えてくれたのだから、こればかりは当時の環境や無計画だった自分に感謝するべきなのだろう。まぁ、結果論ではあるのだけれど。

その後、牛の歩みではあるけれど目標に向けて推進中……という日々の仔細は、2024年4月に発売した新刊『小さな声の向こうに』に収録している。本書の重要人物であるAllaやAestherたちも、引き続き活躍してくれている。「ここじゃない世界に行きたかった」と願った向こう見ずな29歳も少し歳を重ね、「ここ」で地に足つけて生きています……という続編ではあるのだけれど、その本だって2027年頃には、「あぁ、三年一昔！」と振り返ることになるかもしれない。でもきっと、これからもずっと極めて私的なことを綴りながら、今という時代に名前を付けて保存しつつ、それを数年後には少し古く感じることになるんだろう。私という個人も、それを包む時代も、きっとそうした繰り返しで前に進んでいくのだ。

解説　「夜の言葉」を書く人

谷川嘉浩

年の瀬に自著『スマホ時代の哲学』に関するトークイベントを終え、新幹線で京都へと帰っているとき、塩谷舞さんからLINEがきた。『ここじゃない世界に行きたかった』文庫版の解説を執筆してほしいとのことだ。

なんでよりにもよって哲学者に頼むの、と少し笑った。いくら親しい友人だとしても、日常エッセイの解説文を哲学者に書かせようとするのは、さすがに変化球がすぎる。でも、そういう天邪鬼は嫌いではない。依頼は迷わず受けた。

最初に思い浮かんだのは、〈塩谷舞さんは、言葉を選んでいる書き手だ〉という一文だった。「エッセイで言葉を選ぶなんて当たり前」と思われるだろうから、その言葉の意味合いを説明するのは骨が折れる。

「先に答えを知ると、本質に辿り着きにくくなる」というエッセイには、誰かに読まれうる文章を完成させるまでの手順について述べている箇所がある。それによると、塩谷さんのエッセイは、「感じる、考える、知る、考える、そして文章にしていく」という順序で書かれている。

予断を入れてしまえば、答えを確認するように体験することになる。そんなやり方では、空想が広がらないし、思考も深まらない。だから、先に自分で「感じる」必要があるし、その体験をもとに、まずは一人で「考える」必要もある。誰かの意見や理論を入れる前に、一人きりで感じ、考える。

一人で感じ、考えることが先立つからといって、最初の感覚や考えが何よりも優先されるわけではない。一人きりで考えていては、見当違いの着眼点や意見になるかもしれないから、「知る」が欠かせない。

そうして［考える段階で］心ゆくまで勘違いしたのちに、解説文を読んだり、関連書籍に手を出したりするのだけれど。でもすでに、自分の脳内に勝手な物語をこしらえているもんだから、そこに書かれている「正解」は、共感と裏切りの連続だ。合っていても間違っていても、知れば知るほどに感極まる。

書籍と感性を照らし合わせ、その一致と不一致の両方に心を揺さぶられる。だから、素直な言葉選びだと感じるエッセイだとしても、塩谷さんは、感じ考えた内容を無編集に言葉に置き換えたわけではない。

　興味深いことに、「心ゆくまで」「共感」「感極まる」というように、感覚や感情に関わる言葉が頻繁に使われている。そもそも、人間は自分の意思で「感じる」を止めることはできない。本のページをめくるときも、誰かの話を聞くときも、ノートにメモするときも、五感は働いているし、心は何かを感じている。

「知る」ことは「感じる」ことと区別できない。ここから、〈学んでいるときにも、絶えず感性は働いていることを意識した方がいいのではないか〉という教訓を引き出すこともできる。これまでの議論で十分参考になりそうだが、話はここで終わらない。

「(感じながら)知る」段階の後には、もう一度「考える」段階がやってくる。塩谷さんは、書籍の解説を相手に脳内で議論をふっかけることで、考えを進めているそうだ。

「バスで、飛行機で、ホテルのベッドの上で、そんなことばかりしてずっと一人遊びをしている」。

　そこで生まれた脳内対話の記録を手がかりに、「曇りガラスの向こう側にあるぼんやりとした風景のようなもの」に輪郭を与え、言葉にしていく。ちゃんとした文章にしていくプロセスで、「自分がもやもやと何を考えていたのかも、そこでようやく理解できたりする」。

塩谷さんのエッセイは、素朴に考えや感じたことを綴っているように見えなくもない。しかし、感じたことや知ったことを実況するように伝えているわけではない。感じたこと、知ったことを何度も反芻し、自分の考えにも、誰かの意見にも何度もツッコミを入れながら文章にしている。

自分の書こうとしていることも、予め明確になっていないことが多い。だから、完成品に反映されないものも含む、数えきれない対話と編集を経て、彼女の文章はできあがっていると言える。この書き方は、とても効率が悪いし体力を使う。「いざ文章をちゃんと書くとなれば、とてもしんどい」と本人もこぼしている。

「感じる、考える、知る、考える、そして文章にしていく」。この体力と時間を蕩尽するような言葉の選び方は、一発当てて注目を集めることが価値を生む現代社会の「アテンションエコノミー」とは逆の方を向いている。言葉をつくることへの、そういうストイックさ。塩谷さんは、これだけ地道に泥臭く言葉を選んでいる。

せっかくなら、実際に作られた文章を一瞥しておきたい。表題作の「『ここじゃない世界に行きたかった』――アイルランド紀行」から、少し引用してみよう。

やっぱりダブリンは雨模様で、たまりにたまった洗濯物が乾かせない。

小さなヒーターの上に大量の洗濯物をぶらさげながら、部屋干しの香りがする中で、私はたまった感情をひたすら文章にしていた。

この単純で短い文章から、言葉選びの特徴が三つ読み取れる。

第一に、〈単純な語彙で素朴なことを語っているようで、注意深く読めばかなり情報量がある言葉選び〉。「私はたまった感情をひたすら文章にしていた」は、表現として地味にうまい。

この文字列だけで、「普段から習慣的に感情をためてるんだろうな」と反射的に想像してしまう。モヤモヤを我慢するのでもスカッと発散させるのでもなく、蓄えた感情を「文章にする」ところには、うっすらと陰を感じる。「感じる、考える、知る、考える、そして文章にしていく」という非効率で体力を使うプロセスに、わざわざ飛び込むのだから。

敏感な人は、「私はたまった感情をひたすら文章にしていた」という言葉だけから、こういうニュアンスをなんとなく感じ取る。彼女は、それだけ読み甲斐のある言葉を選んでいる。しかし、この陰影が読み取れないからといってエッセイを楽しめないわけでもない。シンプルな言葉選びがミソだ。単純にも深くも読める文章の書き手は、そう多くない。

第二に、〈感性的な描写が差し挟まれる言葉選び〉。「私はたまった感情をひたすら文章にしていた」のような、印象的なフレーズが思い浮かんだとき、書き手はそれを色々な仕方で料理することができる。

まず、読者の感情をもう一押しするような言葉遣いとセットにすること。そうすれば、もっと劇的に読者の感情を揺さぶり、自分の考えを印象づけることができる。それから、ただ「私はたまった感情をひたすら文章にしていた」とだけ書くこと。そうやって淡々と記せば、野暮ったくて説明的な文章にならずに済む。

どちらも悪くない選択肢だが、塩谷さんは違う書き方を選んだ。「私はたまった感情をひたすら文章にしていた」と言うために、ヒーターと洗濯物の位置関係や、そこから漂う香りにわざわざ言及している。そこに何がどんな風に存在していて、それをどう感じているかという、感性的な描写を差し挟む。

街の描写という観点からみても、言葉選びは明らかに感性に寄っている。「ダブリンは雨が多い」とか「洗濯物が乾きにくい」とだけ書いても構わないのに、乾かすためのヒーターがあるとか、洗濯物がどこにあるとか、その部屋に漂っている匂いだとか、自分の五感が捉えた情報が書き込まれている。

塩谷さんの文章には、匂いだけでなく音や動きがタイミングよく出てくる。フラットに書いているつもりでも、言葉の並べ方には書き手の身体が宿るものだ。言葉選びには、その人の生活の雰囲気や佇まいがどうしても滲んでくるし、塩谷さんはその扱いがとてもうまい。

第三に、〈読者が自分の連想に浸れるような、余白のある言葉選び〉。「五感の拡張こそがラグジュアリー」という文章まであるにもかかわらず、塩谷さんのエッセイでは感情や感覚の描写がずっと続くことはない。たまに出てくるくらいだ。

しかし、そのリズムのつくり方は理に適っている。似たような情報がずっと続くと慣れてしまうし、単調で退屈に感じる可能性が高い。たまにしか出てこない方が、かえって印象に残り、読者の体験を左右することができる。

文章を読むことで塩谷さんの「感じる」を追体験していると、その感覚や感情に関連する記憶の引き出しが開くことがある。ダブリンの雨模様と部屋干しの香りについて読んだとき、私もいくつか連想的に思い出した。京都のダブリンというアイリッシュパブで飲もうとすると曇りか雨になりがちだとか、ジェイムズ・ジョイスの『ダブリナーズ』には幽霊と雨や何かで濡れる場面が多かったとか、そういう他愛ない記憶だが。

塩谷さんは、感性を大切にしながらも、感じたことをストレートに差し出すわけではない。なので、その文章には、読者が釣られて連想に浸れるだけの余白がある。それは、文章全体を感じたことの記述で染めてしまうような圧迫的な文章では成立しないゆとりだ。

塩谷舞さんは、言葉を選んでいる書き手だ。それを説明するだけのことに、ちょっと張り切りすぎたかもしれない。色々述べてはきたが、実際のところ、私が塩谷さんの文章を好んで読むのは、その言葉選びに「夜」を感じるからだ。

今日のインターネットでは、人目を気にする「昼の言葉」が力を持っている。魅力や価値、メリットをアピールし合うためのボキャブラリー。それは人気や注目を得ようとする言葉であり、構図を単純化してわかりやすくする言葉であり、人を動かすことに特化した言葉であり、他より自分が優れていると示すことに関心を集中させた言葉である。塩谷さんは、バズライターと形容されるほど、「昼の言葉」を巧みに操って仕事をしていた。どうすれば注目を集められるか、彼女にはなんとなくわかってしまうらしい。

だが、言葉の世界にも夜がある。家族も街も静かに眠る深夜は、「誰の目を気にすることもなく、束の間の自由を謳歌できる夜遊びの時間」だ。そういう時間にこそ、人は言葉選びを急がずに立ち止まる。「夜の言葉」は、小さくて曖昧で、あれかこれかという単純な分類ができない。私が好んで読む書き手の言葉には、いつも夜の成分がある。

騒がしい世界でかき消されそうになっている小さな声を聞き、それを誰かに届ける文章に翻訳するとき、「夜の言葉」を話す必要がある。そして、塩谷さんの言葉の軸足は、静かな夜にある。スポットライトを浴びない、「夜の言葉」を書く人だ。そういう反時代的な言葉の選び方をする塩谷さんの感性と知性を、私は素直に信頼している。

（哲学者）

初出一覧

「数字が覚えられない私、共感がわからない夫」こくみん共済coopの公式HP　２０２０年5月12日
「美しくあること、とは」「milieu」２０２０年2月18日
「『ここじゃない世界に行きたかった』——アイルランド紀行」「milieu」２０１９年7月29日
「私の故郷はニュータウン」「milieu」２０１８年12月14日
「晴れた日に、傘を買った話」「milieu」２０２０年7月10日

単行本時書き下ろし
「ＳＮＳ時代の求愛方法」

「徒歩０分のリトリート」

「臆病者よ、大志を抱け」

「私の小さなレジスタンス」

「50歳の私へ」

「大都市から離れて」

他はnoteの連載『視点』２０１８年10月～２０２０年11月より。

収録にあたって、大幅な加筆・修正を行っています。

単行本　二〇二一年二月　文藝春秋刊

DTP制作　エヴリ・シンク

文春文庫

ここじゃない世界《せかい》に行《い》きたかった

定価はカバーに
表示してあります

2024年5月10日　第1刷

著　者　塩《しお》谷《たに》舞《まい》
発行者　大沼貴之
発行所　株式会社　文藝春秋

東京都千代田区紀尾井町3-23　〒102-8008
TEL　03・3265・1211㈹
文藝春秋ホームページ　http://www.bunshun.co.jp

落丁、乱丁本は、お手数ですが小社製作部宛お送り下さい。送料小社負担でお取替致します。

印刷・図書印刷　製本・加藤製本

Printed in Japan
ISBN978-4-16-792220-7

（　）内は解説者。品切の節はご容赦下さい。

小川洋子
とにかく散歩いたしましょう
ハダカデバネズミとの心躍る対面、同郷のフィギュアスケーターの演技を見て流す涙、そして永眠した愛犬ラブと暮らした日々。創作の源泉を明かす珠玉のエッセイ46篇。（津村記久子）
お-17-4

岡田光世
ニューヨークのとけない魔法
東京とニューヨーク。同じ大都会の孤独でもこんなに違う。お節介で、図々しくて、孤独な人たち。でもどうしようもなく惹きつけられてしまうニューヨークの魔法とは？（立花珠樹）
お-41-1

大宮エリー
生きるコント
毎日、真面目に生きているつもりなのに……なぜか、すべてがコントになってしまう人生。作家・大宮エリーのデビュー作となった、大笑いのあとほろりとくる悲喜劇エッセイ。（片桐　仁）
お-51-1

大宮エリー
生きるコント 2
笑ったり泣いたり水浸しになったり。何をしでかすか分からない〝嵐を呼ぶ女〟大宮エリーのコントのような爆笑エッセイ集、第2弾。読むとラクになれます。（松尾スズキ）
お-51-2

尾崎世界観
苦汁100％
濃縮還元
初小説が文壇を驚愕させた尾崎世界観の日常と非日常。文庫化に際し、クリープハイプ結成10周年ライブがコロナ禍で中止になった最中の最新日記を大幅加筆。苦味と旨味が増してます！
お-76-2

尾崎世界観
苦汁200％
ストロング
尾崎世界観の赤裸々日記、絶頂の第2弾。文庫化にあたり「芥川賞候補ウッキウ記」2万字書き下ろし。「情熱大陸」に密着され、『母影』が芥川賞にノミネートされた怒濤の日を加筆。
お-76-3

（　）内は解説者。品切の節はご容赦下さい。

山崎ナオコーラ
文豪お墓まいり記
谷崎潤一郎、永井荷風、太宰治に森茉莉…互いに交流する文豪たち。26人の人生を思いつつ、現代の人気作家がお墓まいり！　食事処案内やお墓の地図ありの楽しいガイド。
や-51-3

山内マリコ
買い物とわたし
お伊勢丹より愛をこめて
週刊文春の人気連載「お伊勢丹より愛をこめて」が書き下ろしを加えて一冊に。蚤の市で買ったお皿からハイブランドのバッグまで、カラーイラスト満載で紹介するお買い物エッセイ。
や-62-1

米原万里・佐藤　優　編
偉くない「私」が一番自由
佐藤優が選ぶ、よりぬき米原万里。メインディッシュは初公開の東京外語大学卒業論文。単行本未収録作品も含む傑作エッセイを佐藤シェフの解説付きで紹介する。文庫オリジナル。
よ-21-7

和田　誠
銀座界隈ドキドキの日々
銀座が街の王様で、僕はデザイナー一年生だった！　憧れのデザイン業界の修業時代を文章と懐かしいデザインで綴った六〇年代グラフィティ。講談社エッセイ賞受賞。（井上ひさし）
わ-2-4

若松英輔
悲しみの秘義
暗闇の中にいる人へ――宮澤賢治や神谷美恵子、プラトンらの悲しみや離別、孤独についての言葉を読み解き、深い癒しと示唆で日経新聞連載時から反響を呼んだ26編。（俵　万智）
わ-24-1

若林正恭
表参道のセレブ犬とカバーニャ要塞の野良犬
「別のシステムで生きる人々を見たい」。多忙な著者は5日間の夏休み、一人キューバに旅立った。特別書下ろし3編「モンゴル」「アイスランド」「コロナ後の東京」収録。（DJ松永）
わ-25-1

若林正恭
ナナメの夕暮れ
世界を疑い続ける面倒な性格を持て余していた著者は、いかにして立派なおじさんになったのか。自分探しは、これにて完全終了！　書き下ろし「明日のナナメの夕暮れ」収録。（朝井リョウ）
わ-25-2

（　）内は解説者。品切の節はご容赦下さい。

村上春樹
走ることについて語るときに僕の語ること
八二年に専業作家になったとき、心を決めて路上を走り始めた。走ることは彼の生き方・小説をどのように変えてきたか？　村上春樹が自身について真正面から綴った必読のメモワール。

む-5-10

村上春樹
ラオスにいったい何があるというんですか？　紀行文集
ボストンの小径とボールパーク、アイスランドの自然、フィンランドの不思議なバー、ラオスの早朝の僧侶たち、そして熊本の町と人びと――旅の魅力を描き尽くす、待望の紀行文集。

む-5-15

村上春樹　絵・高　妍
猫を棄てる　父親について語るとき
ある夏の午後、僕は父と一緒に自転車に乗り、猫を海岸に棄てに行った――語られることのなかった父の記憶・体験を引き継ぎ、辿り、自らのルーツを綴った話題のノンフィクション。

む-5-16

村田沙耶香
きれいなシワの作り方　淑女の思春期病
初めての皺に白髪、通販の誘惑、自意識過剰とSNS、迫る「産むか産まないか」問題、最後のセックス考……これが大人の「思春期」？　悩み多きアラサー芥川賞作家の赤裸々エッセイ。

む-16-2

もちぎ
あたいと他の愛
物心ついた頃からゲイのあたい。父は自殺、母は毒親、生き抜くための売春……。初恋の先生や友達や姉の優しさと愛と勇気によって支えられてきた。苛烈な母との再会エピソードも収録。

も-34-1

森岡督行
800日間銀座一周
あんぱんを買い、一杯の酒を飲み、一着のスーツを作る。「一冊の本を売る」コンセプトで人気の森岡書店代表が、銀座の街を現在から過去、そして未来へと旅をする、写真＆エッセイ集。

も-35-1

山川静夫
私の「紅白歌合戦」物語
令和元年暮れに七十回目を迎えた紅白歌合戦。昭和四十九年より九年連続で白組司会を務めた元NHKアナウンサーだから書ける舞台の裏側。誌上での再現放送や、当時の日記も公開。

や-13-6

（　）内は解説者。品切の節はご容赦下さい。

穂村　弘
にょっ記

奈良の鹿を見習って、他の県でも一種類ずつ動物を放し飼いにしたらどうだろう？　歌人・穂村弘の不思議でファニーな世界へようこそ。フジモトマサルのイラストも満載。（西　加奈子）

ほ-13-2

穂村　弘・フジモトマサル
にょにょっ記

妄想と詩想の間を往来する穂村弘の文章とフジモトマサルのシュールなイラストの奇跡のコラボ。気がつくとあなたは日常の裏側を散歩中。単行本未収録分も増補したシリーズ最終巻。

ほ-13-3

穂村　弘
君がいない夜のごはん

料理ができず味音痴……という穂村さんが日常の中に見出した「かっこいいおにぎり」や「逆ソムリエ」。独特の感性で綴る「食べ物」に関する58編は噴き出し注意！（本上まなみ）

ほ-13-4

星野　源
そして生活はつづく

どんな人でも、死なないかぎり、生活はつづくのだ。ならば、つまらない日常をおもしろがろう！　音楽家で俳優の星野源、初めてのエッセイ集。俳優・きたろうとの特別対談を収録。

ほ-17-1

星野　源
働く男

働きすぎのあなたへ。働かなさすぎのあなたへ。音楽家、俳優、文筆家の星野源が、過剰に働いていた時期の自らの仕事を解説した一冊。ピース又吉直樹との「働く男」同士対談を特別収録。

ほ-17-2

星野　源
よみがえる変態

やりたかったことが仕事になる中、突然の病に襲われた。まだ死ねない。これから飛び上がるほど嬉しいことが起こるはずなんだ。死の淵から蘇った3年間をエロも哲学も垣根なしに綴る。

ほ-17-3

堀江貴文
刑務所なう。　完全版

長野刑務所に収監されたホリエモン。鬱々とした独房生活の中でも仕事を忘れず、刑務所メシ（意外とウマい）でスリムな体をゲット！　単行本二冊分の日記を一冊に。実録マンガ付き。

ほ-20-1

文春文庫　エッセイ

（　）内は解説者。品切の節はご容赦下さい。

安野光雅
絵のある自伝
昭和を生きた著者が出会い、別れていった人々との思い出をユーモア溢れる文章と柔らかな水彩画で綴る初の自伝。心温まる追憶は時代の空気を浮かび上がらせ、読む者の胸に迫る。
あ-9-7

阿川佐和子
バイバイバブリー
根がケチなアガワ、バブル時代の思い出といえば…。あのフワフワと落ち着きのなかった時を経て沢山の失敗もしたから分かる、今のシアワセ。共感あるあるの、痛快エッセイ！
あ-23-27

浅田次郎
君は嘘つきだから、小説家にでもなればいい
裕福だった子供時代、一家離散の日々で身につけた習慣、二人の母のこと、競馬、小説。作家・浅田次郎を作った人生の諸事が綴られた文章に酔いしれる、珠玉のエッセイ集。
あ-39-14

浅田次郎
かわいい自分には旅をさせよ
京都、北京、パリ……誰のためでもなく自分のために旅をし、日本を危うくする「男の不在」を憂う。旅の極意と人生指南がつまった、笑いと涙の極上エッセイ集。幻の短篇、特別収録。
あ-39-15

安野モヨコ
食べ物連載
くいいじ
激しく〆切中でもやっぱり美味しいものが食べたい！　昼ごはんを食べながら夕食の献立を考える食いしん坊な漫画家・安野モヨコが、どうにも止まらないくいいじを描いたエッセイ集。
あ-57-2

朝井リョウ
時をかけるゆとり
カットモデルを務めれば顔の長さに難癖つけられ、マックで休憩すれば黒タイツおじさんに英語の発音を直され。『学生時代にやらなくてもいい20のこと』改題の完全版。（光原百合）
あ-68-1

朝井リョウ
風と共にゆとりぬ
レンタル彼氏との対決、会社員時代のポンコツぶり、ハワイへの家族旅行、困難な私服選び、税理士の結婚式での本気の余興、壮絶な痔瘻手術体験など、ゆとり世代の日常を描くエッセイ。
あ-68-4

（ ）内は解説者。品切の節はご容赦下さい。

青木直己
江戸 うまいもの歳時記
春は潮干狩りに浅蜊汁、夏は江戸前穴子に素麺、秋は梨柿葡萄と果物三昧、冬の葱鮪鍋・鯨汁は風物詩――江戸の豊かな食材八十五と驚きの食文化を紹介。時代劇を見るときのお供に最適。

あ-88-1

石井好子・水森亜土
料理の絵本 完全版
シャンソン歌手にして名エッセイストの石井好子さんの絶品レシピに、老若男女の心をわしづかみにする亜土ちゃんのキュートなイラスト。卵、ご飯、サラダ、ポテトで、さあ作りましょう！

い-10-3

海老沢泰久
美味礼讃
彼以前は西洋料理だった。彼がほんもののフランス料理をもたらした。その男、辻静雄の半生を描く伝記小説――世界的な料理研究家辻静雄は平成五年惜しまれて逝った。（向井 敏）
え-4-4

姜 尚美
何度でも食べたい。あんこの本
京都、大阪、東京……各地で愛されるあんこ菓子と、それを支える職人達の物語。名店ガイドとしても必携。7年半分の「あんこ日記」も収録し、東アジアあんこ旅も開始！（横尾忠則）
か-76-1

高山なおみ
帰ってから、お腹がすいてもいいようにと思ったのだ。
高山なおみが本格的な「料理家」になる途中のサナギのようなころの、落ち着かなさ、不安さえ見え隠れする淡い心持ちを綴ったエッセイ集。なにげない出来事が心を揺るがす。（原田郁子）
た-71-1

辰巳芳子
食といのち
母娘2代にわたって日本の風土に適した食を探求してきた料理家が、「食といのち」をめぐり、福岡伸一氏ら各界の第一人者四人と対談。いのちを養う粥、スープのレシピも収録。

た-73-2

高野秀行
辺境メシ
ヤバそうだから食べてみた

カエルの子宮、猿の脳みそ、ゴリラ肉、胎盤餃子……。未知なる「珍食」を求めて、世界を東へ西へ。辺境探検の第一人者である著者が綴った、抱腹絶倒エッセイ！（サラーム海上）
た-105-1